Les Îles aux Pins

Marion Poschmann

Les Îles aux Pins

roman

Traduit de l'allemand
par Bernard Lortholary

Stock
la cosmopolite

TITRE ORIGINAL :
Die Kieferninseln

LA TRADUCTION DE CET OUVRAGE A BÉNÉFICIÉ D'UNE
SUBVENTION DU GOETHE-INSTITUT.

ISBN 978-2-234-08594-7

Si tu veux connaître les pins,
va vers les pins.

Matsuo Bashō

Tōkyō

Il avait rêvé que sa femme le trompait. Gilbert Silvester se réveilla hors de lui. La chevelure noire de Mathilda s'étalait à proximité, sur l'oreiller, tentacules d'une méchante méduse plongée dans la poix. Des mèches bougeaient doucement au rythme de la respiration, rampant vers lui. Il se leva sans bruit, se rendit à la salle de bains et se regarda un moment dans la glace, désemparé. Il quitta la maison sans prendre son petit-déjeuner. Lorsqu'il rentra du bureau, le soir, il se sentait encore abasourdi, presque assommé. Le rêve, au cours de la journée, ne s'était nullement dissipé, il n'avait même pas perdu suffisamment de couleurs pour qu'on pût lui appliquer la sotte formule « songe, mensonge ». Au contraire, l'impression de la nuit n'avait cessé de devenir plus forte, plus convaincante. Une mise en garde sans ambiguïté, que l'inconscient adressait à son moi naïf qui ne s'était douté de rien.

Il s'avança dans le couloir d'entrée, laissa théâtralement tomber sa serviette et exigea de sa femme qu'elle s'explique. Elle nia tout. Cela ne fit que prouver à quel point ses soupçons étaient fondés. Mathilda lui sembla n'être plus la même. D'une véhémence peu naturelle. Énervée. Penaude. Elle lui reprocha de s'être éclipsé aux aurores sans même lui dire au revoir. Inquiétée. Comment. As-tu pu. Toi. Enfin. Des récriminations interminables. Une grosse ficelle pour faire diversion. Comme si tout à coup c'était lui le coupable. Elle allait trop loin. Il ne pouvait tolérer d'être traité ainsi.

Plus tard, il fut incapable de dire s'il avait crié (vraisemblablement), s'il l'avait frappée (éventuellement) ou lui avait craché dessus (allez savoir), il se pouvait que dans le feu de l'altercation il ait postillonné, en tout cas il avait ramassé quelques affaires, pris ses cartes de crédit et son passeport, et il était parti ; il avait longé l'immeuble, et comme elle ne le rattrapait pas ni ne l'appelait, il avait continué, un peu plus lentement d'abord et puis plus vite, jusqu'à la station de métro la plus proche. Il avait disparu sous terre, traversé la ville en somnambule, lui dirait-on plus tard, et n'était descendu qu'une fois arrivé à l'aéroport.

Il passa la nuit dans le terminal B, inconfortablement étendu sur deux chaises coquilles en métal. Il consultait sans cesse son smartphone. Mathilda ne lui avait pas envoyé le moindre message. Son vol ne partait que le lendemain au petit matin, le premier vol international qu'il avait pu trouver au dernier moment.

Dans l'Airbus pour Tōkyō, il but du thé vert, regarda deux films de samouraïs sur le dossier du siège de devant, et ne cessa de se convaincre non seulement qu'il avait fait ce qu'il fallait faire, mais que son comportement avait été inéluctable, qu'il continuait de l'être et qu'il le serait à l'avenir, à ses propres yeux comme aux yeux du monde.

Il se retirait. Il n'invoquait pas son bon droit. Il laissait la voie libre. Sans même savoir à qui. À ce macho grincheux qui était le supérieur de sa femme, le directeur de l'école. À ce beau jeune homme tout juste majeur qu'elle avait comme stagiaire, paraît-il. Ou bien à l'une de ses assommantes collègues. Contre une femme il ne pourrait rien faire. Dans le cas d'un homme, éventuellement le temps jouerait en sa faveur. Il pourrait attendre que les choses évoluent, prendre son mal en patience jusqu'à ce que Mathilda se raisonne. Car enfin il était probable que le fruit défendu perdrait sa saveur, tôt ou tard. Mais s'il s'agissait d'une femme, il était désarmé. Malheureusement le rêve, sur ce point, n'avait pas été tout à fait clair. Enfin, globalement, il avait été assez clair. Très clair. Comme s'il avait pressenti la chose. Au fond, il l'avait pressentie. Depuis longtemps. Mathilda n'avait-elle pas été d'une surprenante bonne humeur, ces dernières semaines ? Carrément joyeuse ? Et aussi, avec lui, d'une gentillesse extrême ? D'une gentillesse diplomatique qui devenait de jour en jour plus insupportable, qui le serait devenue s'il avait su plus tôt ce que cela cachait. En procédant ainsi, Mathilda était parvenue à le bercer d'une longue illusion de sécurité. Et lui s'était laissé endormir, erreur évidente de sa part. Il n'avait pas été suffisamment sur ses gardes, il s'était laissé duper, parce que sa méfiance n'était pas infinie.

L'hôtesse japonaise, longs cheveux noirs noués en chignon de geisha, lui resservit du thé avec un sourire charmeur. Bien sûr, ce sourire ne lui était pas adressé personnellement, pourtant il l'émut des pieds à la tête, comme si l'on avait versé sur lui un plein seau de baume. Il trempa les lèvres dans son thé et observa comment elle gardait ce même sourire tout le long de l'allée centrale, comment elle l'adressait à chacun des passagers, immuable, un masque de séduction qui faisait immanquablement son effet.

Il avait toujours eu peur que Mathilda ne le trouve trop ennuyeux. Extérieurement, leur relation semblait intacte. Mais à la longue il n'avait pas grand-chose à lui offrir, pas de divertissement en société, pas de géniale intensité, pas de profondeur de caractère.

Il n'était qu'un modeste chercheur, chargé de cours à l'université. Il n'avait pas accédé à une chaire de professeur, parce qu'il n'avait pas les bonnes origines familiales, parce qu'il ne savait pas nouer les contacts utiles, parce qu'il était incapable d'être flatteur, de proposer ses services. Parce qu'il avait compris beaucoup trop tard que, dans le fonctionnement de l'université, le travail qu'on effectuait dans sa matière ne comptait qu'en deuxième ou troisième lieu, et qu'il s'agissait avant tout de rapports de pouvoir dans un système hiérarchique. Là, il avait commis des fautes, quantité de fautes. Il avait critiqué son directeur de thèse. Choisi le mauvais moment pour montrer qu'il avait raison. Et ensuite, effrayé, il s'était tu, en des circonstances où il aurait fallu se mettre en avant.

Tandis que sous lui les nuages défilaient en une couverture épaisse, dans son souvenir se succédaient les années passées, formant une masse grise et déprimante d'humiliations et d'insuccès. Jeune homme, il avait cru qu'il était plus intelligent que la moyenne, qu'il se détachait du peloton des petits-bourgeois conformistes et arrivistes, et qu'il analysait les affaires du monde avec une perspicacité toute philosophique. Voilà qu'il se retrouvait à présent dans une situation précaire, enchaînant les projets en CDD et voyant que, par rapport à ses amis d'autrefois, qui avaient obtenu de bien moins bonnes notes et n'avaient jamais exprimé une idée personnelle, il était professionnellement largué. Des amis qui, il fallait bien le dire, étaient plus incompétents que lui dans leur travail. Mais contrairement à lui, ils possédaient cette faculté de manœuvrer habilement, le seul atout en matière de carrière.

Tandis que les autres se prélassaient dans leurs maisons, avec leurs familles et leurs petites habitudes, il se voyait contraint d'exécuter des travaux stupides et médiocrement rémunérés, qui lui étaient dictés par des gens qu'il méprisait du fond du cœur. Pendant des années, il avait vécu avec la peur de s'y gâcher au point de n'être plus capable de formuler une idée claire. Et puis cette peur s'était atténuée, laissant place à une indifférence générale. Il faisait ce qu'on exigeait de lui, appliquait sa perspicacité aux tâches les plus débiles et avait réussi, avec hélas des années, des décennies de retard, à se donner l'air d'être d'accord avec tout, de n'être pas contre, d'être même pour.

L'hôtesse japonaise arriva avec une corbeille d'où s'élevait de la vapeur. Elle lui tendit, au bout d'une longue pince métallique, une petite serviette roulée et bouillante. Il s'en frotta machinalement les mains, s'en entoura les poignets, laissa pénétrer cette chaleur brûlante, quel délice cette habitude, pensa-t-il, et quel vol étrange où l'on faisait tout pour l'apaiser ; il se passa la serviette sur le front, une main de mère contre la fièvre, étonnamment agréable, mais déjà elle refroidissait, il se la mit sur le visage, quelques secondes seulement, jusqu'à ce que ce ne soit plus qu'un chiffon humide et froid.

Le projet sur lequel il travaillait actuellement avait fait de lui un expert en matière de taille de barbes. C'était un projet d'un intérêt on ne peut plus douteux, mais enfin il lui assurait à l'année un revenu fixe. Et, à la longue, ce sujet improbable avait même fini par lui plaire, comme cela avait d'ailleurs été régulièrement le cas, l'intérêt pour les détails augmentant à mesure qu'on se plongeait dans un système global. À l'auto-école il s'était passionné pour le code de la route, au cours de danse pour l'enchaînement des pas : s'identifier à un problème, ce n'était pas sorcier.

Gilbert Silvester, barbologue dans le cadre d'un projet à financements tiers. Il avait pour sponsors l'industrie cinématographique de Rhénanie-du-Nord-Westphalie et, pour de moindres parts, une organisation féministe de Düsseldorf et la communauté juive de la ville de Cologne.

La recherche portait sur l'effet produit par les barbes dans les films. Cela touchait à des problèmes culturels, à la théorie du genre, à l'iconographie religieuse et à des questions portant sur la possibilité d'une expressivité philosophique par le média de l'image.

Comme toujours, il s'agissait d'un projet de recherche dont les résultats étaient fixés d'avance. Gilbert abattait le travail fastidieux, collectait des détails, prouvait par là qu'un matériau aussi copieux ne pouvait qu'être signifiant, confirmait que les déductions en matière de théorie de la culture étaient universellement applicables, et se mettait en fin de compte au service de la manipulation des spectateurs du monde entier.

Le matin il se rendait à la bibliothèque, éteignait son portable et se plongeait dans les tableaux de maîtres italiens, les mosaïques, les enluminures médiévales. Des images de barbes étaient présentes partout, et il s'était demandé dès le début comment il se faisait que des questions aussi fondamentales n'aient pas fait depuis longtemps l'objet de recherches. « Mode des barbes et image de Dieu », tel était son thème central, qu'il jugeait, selon la forme où il se sentait, soit incroyablement fructueux et même palpitant, soit tout à fait absurde et profondément déprimant.

Comme au dernier bastion de sa résistance personnelle, il restait fidèle à certaines habitudes nostalgiques datant de sa scolarité. Notes manuscrites, prises exclusivement à l'encre et au stylo plume, dans des cahiers cousus et noirs. Serviette qu'il cirait au cirage noir depuis des dizaines d'années, jamais de sac à dos en synthétique. En toutes circonstances, chemise et veston. Au lycée, il avait pu ainsi faire impression et acquérir le statut d'intellectuel à l'âme sensible. À présent, ces originalités n'étaient plus que des marques de sa défaite. Il se cramponnait à des valeurs depuis longtemps périmées et à des objets d'une époque révolue; il était comme nimbé de ringardise. Il avait bien tenté de compenser cela par des cravates postmodernes et des pochettes fluorescentes. Cela n'avait servi à rien. À l'université, il était considéré comme un esthète réactionnaire. La fumée de cigarette lui donnait mal à la tête. Il ne s'intéressait pas au football, et ne mangeait pas de viande.

Il se passa encore une fois la serviette sur les mains, puis l'étala sur sa tablette et l'y laissa.

En bas, la couverture nuageuse se déchirait et permettait d'apercevoir la Sibérie. Le puissant fleuve Ob avec ses nombreux affluents serpentait majestueusement à travers marais et forêts. À l'écran, le symbole de l'avion avançait par saccades, d'abord de Tomsk en direction de Krasnoïarsk, puis vers Irkoutsk.

Russie d'Europe, Sibérie, Mongolie, Chine, Japon : un itinéraire survolant exclusivement les pays de thé. Les pays où prédomine la consommation de thé, jusque-là Gilbert Silvester les avait catégoriquement écartés. Il partait en voyage vers des pays de café, la France, l'Italie, il prenait plaisir, après avoir visité un musée parisien, à commander un café au lait, ou bien, à Zurich, un café crème ; il aimait les cafés de Vienne et la tradition culturelle attachée à ces établissements. Une tradition de visibilité, de disponibilité, de clarté. Dans les pays de café, les choses étaient là en pleine lumière. Dans les pays de thé, tout se déroulait sous un voile mystique. Dans les pays de café, on pouvait acheter des choses, même avec de petits moyens on pouvait s'offrir ponctuellement un certain luxe, dans les pays de thé, pour y parvenir, il fallait de l'imagination. Jamais il ne serait allé spontanément en Russie, un pays qui vous imposait de n'accéder que par le fantasme au minimum nécessaire à la vie quotidienne, ne fût-ce qu'une tasse de vrai café. Avec la réunification, heureusement, la RDA, jusque-là pays de thé, était devenue un pays de café.

Mais lui, Gilbert Silvester, se voyait forcé par sa propre femme à se rendre dans un pays de thé, et lequel ! Ce Japon, avec son culte du thé d'une lenteur épuisante, d'une minutie extrême et d'une sophistication tuante, il était même prêt à le considérer comme le summum des pays de thé. Et c'était d'autant plus affreux pour lui, d'autant plus sadique de la part de Mathilda qui croyait pouvoir l'y expédier ; non seulement plus rien ne pouvait le retenir, mais il y fonçait tout droit, par pure indépendance, par défi.

Il tira son smartphone de sa poche poitrine et regarda s'il avait un message. Puis il s'avisa qu'il avait été obligé de le mettre en mode avion et que pour le moment il ne pouvait pas recevoir de messages. Il ouvrit tout de même sa messagerie, et fut tout de même déçu de ne rien y trouver. Il ne se sentait pas bien. Il avait un peu mal au cœur, à cause de l'air, à cause du thé bu à jeun. De fait, il n'avait rien mangé depuis plus de trente heures. Un signe de regret de la part de Mathilda aurait été normal. Une petite question polie, une infime prise de contact. Mais rien ne venait. Mathilda était-elle devenue folle ? Comment se faisait-il que les constantes fondamentales des relations humaines ne lui fussent plus naturelles ? Comment en était-elle arrivée au point que lui se trouvait maintenant obligé de faire un voyage intercontinental, de traverser la Sibérie ? Il sentait le thé vert lui peser sur l'estomac et clapoter à chaque secousse de l'avion.

Il ne savait pas grand-chose du Japon, ce n'était vraiment pas le pays de ses rêves. Du temps des samouraïs, ce pays reléguait ses intellectuels indésirables sur des îles lointaines, ou bien les forçait à faire seppuku, une forme barbare de suicide. Au point où il en était, il avait bien choisi sa destination.

Il mit un autre film de samouraïs, mais ne le regarda pas. Il passa le reste du vol dans un état cotonneux et fatigant. Il ne percevait plus ce qui l'entourait, ses voisins plongeaient dans un fondu au noir, tout lui apparaissait indistinct, comme dans un épais brouillard, sauf que ce brouillard lui pesait et qu'il devait s'arc-bouter de toutes ses forces pour ne pas être écrasé par lui. Il tendait ses épaules, son cou, tel un Atlas se pétrifiant lentement. Il n'arriva pas à dormir une seule minute.

Après l'atterrissage il consulta ses messages, mais personne ne s'était manifesté. À vrai dire, c'étaient encore les vacances, il ne raterait pas de rendez-vous dans les prochaines semaines, et du côté de l'université on n'aurait pas besoin de lui. Les cours ne reprenaient que fin octobre. D'ici là, il devait juste faire un exposé dans un congrès à Munich. Tandis qu'il attendait encore sa valise, il téléphona pour se décommander.

Il changea de l'argent et s'acheta, au kiosque de presse, un guide de voyage et quelques classiques japonais en traduction anglaise. Les œuvres de Bashō, le *Genji monogatari* (*Le Dit du Genji*), le *Makura no sōshi* (*Les Notes de chevet*). Les classiques japonais, il avait toujours le sentiment que tout le monde, lui compris, les connaissait par cœur ; mais devant le rayon des livres de poche, il dut s'avouer que, de toute sa vie, il avait tout au plus vu quelques films japonais et qu'il aurait été bien incapable de réciter un seul haïku.

Il fourra les livres dans sa serviette en cuir et prit l'express reliant l'aéroport de Narita au centre de Tōkyō. À la gare centrale, il prit un taxi pour se rendre à son hôtel. Tout était tellement simple. Comme si de rien n'était, il avait parcouru la moitié de la Terre, aucune résistance, pas de retard, aucun problème. Le chauffeur de taxi portait des gants blancs et un uniforme aux boutons brillants, avec une casquette. Il ne parlait pas anglais, mais il avait hoché la tête d'un air entendu lorsque Gilbert lui avait montré l'adresse sur un petit papier. La course se passa sans un mot, Gilbert trouva cela agréable. Les sièges étaient tous habillés de dentelle au crochet, la voiture planait comme un hybride de gâteau de mariage et de carrosse de princesse Barbie. Il n'y avait pas d'encombrements ni de feux rouges, pas de circulation, pas de monde extérieur. Lorsqu'ils furent arrivés, le chauffeur lui tendit son bagage avec moult courbettes. Une porte en verre s'écarta en glissant silencieusement.

Sa chambre, un cube blanc, paraissait terriblement vide. Elle contenait un lit blanc à couvre-lit blanc, et quelque part étaient posés deux cubes blancs tenant manifestement lieu de mobilier. Tout très dépouillé, très moderne. Il resta un moment planté au milieu de la pièce, ne sachant absolument pas ce qu'il était censé faire là. Puis il s'étendit sur le lit et s'endormit aussitôt.

Rêves faits de restes diurnes. Pays de thé, samouraïs. Le sabreur, la veille du combat décisif, revêt un habit de soie et se rend chez le maître de thé. Il foule les dalles polies menant au pavillon de thé, qui se cache dans un minuscule jardin derrière une cloison de bambous, il doit se baisser pour franchir la porte beaucoup trop petite, puis presque ramper devant le maître. Le maître de thé est avare de mots, il fait mousser le thé, le tend au visiteur, et le visiteur a tout loisir de contempler encore une fois, avant sa mort qui n'a rien d'invraisemblable, le bouquet de fleurs, le rouleau orné d'une précieuse calligraphie, de se perdre dans ce lieu où tombent les ombres mouvantes de végétaux, où règne un silence à couper le souffle.

Le lendemain matin il se ceint de son sabre et part au combat. Il dispose d'énergies surnaturelles, non seulement son arme combat d'elle-même, mais il est capable de voler quand d'autres parviennent tout au plus à bondir. Ces capacités lui ont valu la réputation d'un maître sabreur invincible, et cependant les autres sont plus nombreux et son parti est vaincu. Navré de deuil, il survole le champ de bataille, voit tous ces corps qui gisent déformés et qu'il n'a pu sauver, il s'en éloigne et monte plus haut, jusqu'à apercevoir tout au loin la mer qui scintille. Le Japon vu de haut, les innombrables îles, les montagnes aux épaisses forêts, verdure de velours baignée de ce bleu somptueux qui exalte, une dernière fois il vole au-dessus de la cruelle beauté de ce pays, avant d'obéir à la coutume et, vaincu au combat, de s'ouvrir le ventre au sabre court.

Gilbert Silvester, au moment du vol d'approche, avait vu d'en haut les îles japonaises à la lumière du soleil tout juste levant, et en effet ce spectacle lui avait coupé le souffle, l'espace d'un moment. À présent il se réveillait dans une chambre d'hôtel aux parois nues, que d'abord il ne reconnut pas. D'où venaient ces deux cubes, si bas qu'on ne pouvait rien en faire ? Un petit malaise à la salle de gym ? Une pub pour des glaçons à laquelle il participait, à sa grande surprise ? Dans les profondeurs inconnues de son moi, se serait-il mis récemment à tourner des spots pour la télé ? Il s'approcha de la baie vitrée, écarta son rideau d'un blanc glacial, et vit miroiter les grandes tours de Tōkyō. Comment avait-il atterri aussi simplement dans cette ville ? Que cherchait-il ici ? Face à lui, ces vitres réfléchissantes – lunettes de soleil bleues, sur des étages et des étages, le repoussant naturellement, froidement – l'assaillaient d'éclairs qui le forçaient à cligner brusquement des yeux. Qu'est-ce qu'il faisait là ? Il était, se dit-il soudain, très loin de tout ce qu'il avait toujours connu. Il était allé directement vers l'environnement le plus insolite possible, et ce que cet environnement avait de plus inquiétant, c'était qu'il n'était pas le moins du monde inquiétant, il était simplement fonctionnel, un peu clinquant et un peu stérile. Il prit une douche, mit une chemise propre et, par l'ascenseur, descendit ses vingt-quatre étages.

C'était le tout début de la soirée, l'air était encore chaud, les premières lumières s'allumaient dans les bureaux open space. Gilbert déambula en suivant des artères à la circulation intense, se laissant entraîner à traverser de gigantesques croisements par les Japonais sortant du travail. Il se serait bien acheté quelque chose à manger, mais il se sentait trop perméable pour prendre une décision claire, oui, il se sentait carrément transparent, et cette transparence n'avait rien à voir avec de la légèreté, elle était l'expression de son apathie. Sa capacité d'occuper de l'espace, de repousser de l'air pour en prendre la place avec son corps, paraissait étrangement altérée. C'est pourquoi il avait du mal à marcher et avait la sensation que c'était la fébrilité de cette fin de journée de travail qui le poussait tout de même en avant, pas à pas, tel un vampire absorbant l'énergie qui émanait des gens autour de lui, tandis que lui-même n'éprouvait rien qui le fît avancer, ne savait quelle direction choisir et se laissait passivement entraîner par la foule.

Mathilda ne s'était pas manifestée. À l'hôtel, il avait une dernière fois consulté ses messages avant de prendre l'ascenseur. Son dédit, pour le congrès, était enregistré avec regret. De Mathilda, pas un mot. Il avait tout lieu de supposer que le tour qu'avaient pris les choses, plutôt surprenant pour lui, avait tout son assentiment et qu'elle avait dès lors le champ libre pour mener à bien ses propres projets. C'était une femme très occupée et il n'était pas rare que, certains jours, croulant sous les obligations, elle n'ait pas le temps de lui parler.

Elle enseignait la musique et les mathématiques dans un lycée et formait des enseignants.

Considérée comme une autorité en matière de didactique, comme un génie de la communication et comme un recours miraculeux, elle était fort bien payée, par rapport à lui, et très demandée.

Même en cas de contretemps inattendu, il devait lui être possible de trouver une minute pour le contacter. Il se promit de rester pour sa part inflexible et d'attendre. Après tout ce qui s'était passé, c'était évidemment à elle de faire le premier pas. Il était fort possible qu'elle n'osât pas prendre l'initiative, maintenant qu'il était au courant de ses frasques et qu'elle pouvait être certaine d'affronter sa colère. Eh bien, c'était à elle de l'amener à lui pardonner. Déjà le fait qu'elle ne se manifestait pas était un affront inouï. En aucun cas il ne lui courrait après, il n'allait pas se mettre à plat ventre, jamais il ne pousserait l'humiliation jusqu'à céder aussi sur ce point et à tendre quasiment l'autre joue. À vrai dire, il déplorait que dans ces circonstances elle n'apprît même pas qu'il s'était imposé ce voyage : Gilbert Silvester, tout seul à Tōkyō, plus loin de chez lui qu'il ne l'avait jamais été. Il n'avait personne d'autre à qui en parler. Et Mathilda aussi aurait été ravie par le spectacle des îles japonaises vues de haut.

Les flots humains s'écoulaient vers les stations de métro et les arrêts de bus. Gilbert se retrouva dans une rue latérale où s'alignaient de petits commerces, une sorte de gorge resserrée entre de hauts immeubles néanmoins atteints par les rayons obliques du soleil du soir. Il s'assit dans un sushi bar, au comptoir, face à la vitrine, et observa les passants pressés. Hommes d'affaires, secrétaires, collégiens, quelques ménagères. Au total, rien que des personnes imberbes. Cheveux noirs lisses, visages lisses, sourires lisses à force d'entraînement. Un jeune homme passa d'un pas nonchalant, il portait la barbe et un large pantalon d'aïkido, ses cheveux étaient attachés au sommet de la tête en nœud de samouraï, mais de loin déjà on voyait bien que ce barbu était européen. Au sujet de la barbe au Japon, il y avait plusieurs théories. La plus ennuyeuse était biologique : à un certain nombre de peuples asiatiques il manquerait prétendument un gène ou Dieu sait quel élément responsable de cette pilosité, si bien que leurs barbes, si jamais ils en avaient, étaient extrêmement peu fournies, donc impropres à symboliser un statut, aussi préférait-on les raser. Selon une autre théorie, les hommes imberbes dans la fleur de l'âge ne pouvaient qu'occuper des fonctions subalternes, les sociétés exigeant de leurs employés une apparence soignée avec laquelle le port de la barbe était absolument incompatible. C'est pourquoi jamais on ne verrait, au Japon, un salarié en pleine activité afficher la moindre trace de barbe. La troisième théorie se déduisait de l'obsession de la propreté qui caractérise les Japonais. Sortir dans la rue en ayant de la barbe, c'était avouer qu'on n'avait pas fait correctement sa toilette, qu'on ne s'était tout simplement pas lavé, une horreur au pays de l'impeccabilité. À la question essentielle du rapport entre les modes de barbe et l'image de Dieu, ces théories, en vérité, n'apportaient pas le moindre début de réponse. Alors que jusque-là, dans ses analyses, Gilbert Silvester avait procédé d'un point de vue plutôt européen, voilà que s'ouvrait devant lui un tout nouveau champ de recherche. Lequel pourrait même, se disait-il, donner un sens à son voyage. Il avait longuement réfléchi à l'image de Dieu que donnait Michel-Ange dans la chapelle Sixtine. Ce Dieu porté par une nuée d'angelots grassouillets, ce Dieu mollement étendu, tendant fort nonchalamment sa main vers Adam et, d'un infime contact, l'électrisant de son doigt, lui communiquant le souffle de la vie, ce Dieu porte la barbe. Comme il est bien connu que Michel-Ange aimait les hommes, l'effet culturel provoqué par la chapelle Sixtine dans le milieu homosexuel était d'un intérêt non négligeable pour l'étude de Gilbert. Tout à fait à l'encontre du cliché de narcissisme auquel se heurtait l'homo dans une opinion publique pleine de préjugés, un tel homme ne s'identifiait nullement à Dieu, mais bien plutôt au juvénile Adam, musclé encore qu'extrêmement passif. Cet Adam, conforme au modèle des statues d'athlètes grecs par la totale absence de pilosité, contribuait beaucoup, selon Gilbert, à la mode actuelle du rasage intégral. Dieu, en revanche, était celui qui brisait le tabou freudien frappant le contact physique, Il était la puissance érotique, le tout autre, le grand Autre, et du coup rien ne s'opposait à ce que l'artiste, en vrai homme de la Renaissance, ait créé ce Dieu à son image, et particulièrement en matière de barbe. Bien sûr, ce serait une entreprise extrêmement fructueuse que de comparer ce Dieu le Père barbu de la tradition européenne à son équivalent japonais.

Des flots de Japonais aux joues glabres passaient devant la vitrine, et tout à coup Gilbert se sentit réconforté. N'avait-il pas une tâche dont s'acquitter ? Une raison d'être là ? Il mangea son sushi, bien qu'il n'aimât pas particulièrement le poisson cru, et encore moins les algues. Mais il apprécia le riz gluant et trouva rassurant que le sushi fût un mets relativement sans mystère. Pour son premier repas au Japon, il n'avait pas envie de faire de grandes expériences et de vider à la cuillère quelque pot de terre où l'on aurait mélangé en une soupe glauque des ingrédients inconnus. Il mangea, sans les morceaux de poisson, le riz roulé en petites portions, mangea le riz entouré d'algues puis commanda un peu de saké et mangea un morceau de saumon. Et c'est seulement là qu'il se rendit compte combien il avait faim. Il mangea tout, sans rien laisser, sauf le tentacule de calamar gros comme le pouce.

Il passa sous des autoroutes superposées, admira les stridentes réclames lumineuses et la méticuleuse propreté des rues. En même temps, il veillait à ne pas trop s'éloigner de son hôtel. Il avait le sens de l'orientation et ne se perdait pas facilement, mais cette ville ne lui inspirait guère confiance. Les passants irradiaient la perfection, la maîtrise de soi, l'asepsie. Il n'y avait nulle part de ces coins peu ragoûtants où auraient pu s'amasser de frustes sensations, de ces dépôts d'ordures improvisés par négligence où, ensuite, on trouvait des gens malpropres, des endroits émettant des vibrations déplaisantes et que l'on contournerait à distance. Gilbert marchait au milieu de la foule, sans que quiconque l'importune. Dans son pays, les gens dans la rue gesticulaient, manifestaient leur mauvaise humeur, et même quand ils ne disaient rien, les états d'esprit d'autrui se superposaient aux vôtres et un trajet en ville vous contaminait aussitôt. Là, au contraire, les gens semblaient être en plastique. Cela le mettait un peu mal à l'aise. Il allait droit devant lui, s'efforçait de marcher au même rythme que les autres, mais veillait à enregistrer le chemin qu'il suivait. Il finit par reconnaître le bâtiment de la gare où il était arrivé. Néobaroque, brique rouge, avec des coupoles. Il ne savait pas très bien ce qu'il faisait là, pour la seconde fois le même jour. Il avait envie de se retrouver à l'hôtel, il avait envie de partir. Était-ce le mal du pays, la nostalgie du lointain ?

Il éprouvait le besoin de partir aussi loin que possible, en même temps il était déjà, par rapport à chez lui, à l'autre bout du monde, et cela n'apporterait sans doute guère de soulagement d'ajouter encore quelques kilomètres à la distance déjà parcourue. Il entra dans la gare, pénétra dans un hall respirant la familiarité, qui lui susurra à l'oreille tout ce qu'il connaissait bien : les machines délivrant des billets, les barrières et les contrôleurs, tout cela il l'avait déjà vu une fois. Il prit un billet de quai et, par l'escalier roulant, monta jusqu'aux voies.

Entre-temps, il s'était mis à faire tout à fait nuit. Les voyageurs traversaient le cône de lumière, au-delà se dressait l'obscurité, mur impénétrable. Gilbert resta un moment sur le quai, à observer les trains qui entraient en gare. Les Shinkansen venaient s'immobiliser en une glissade élégante. Chaque locomotive, au dessin aérodynamique, était effilée en une sorte de bec qui donnait au train entier l'allure d'un dragon. Des serpents d'eau argentés, lisses et luisants. Arriva un train sur lequel étaient peints de gros barbillons, jaunes et rouges, comme des flammes. Gilbert aurait bien aimé prendre des notes, mais sa serviette en cuir, contenant de quoi écrire, était restée à l'hôtel. Le train suivant, derrière l'œil-phare, là où l'épiderme du dragon s'épaississait en une lèvre supérieure, arborait une ligne couleur magenta qui se prolongeait sur toutes les voitures successivement, moustache archaïque interminable, plaquée au corps par la vitesse.

Gilbert longea allègrement ce train et, pendant que le service de nettoyage prenait d'assaut les wagons, ramassait ce qui traînait et passait l'aspirateur, il se risqua à tâter du doigt la ligne magenta. Les voyageurs montèrent, le train partit et Gilbert le suivit longuement des yeux. Puis il chercha un coin du quai où il serait tranquille, il s'adossa à un panneau publicitaire et il appela Mathilda.

– Ici Gilbert, dit-il d'un ton guindé.
– Où es-tu ?
– Je suis à Tōkyō.
– Pardon ?!
– J'ai dit : à Tōkyō.
– C'est une très mauvaise plaisanterie. Un chantage lamentable.
– Personne n'est d'humeur à plaisanter.
– Pourquoi me tyrannises-tu ? Qu'est-ce que je t'ai fait ?

Elle trouvait moyen de se mettre à pleurer. Trouvait moyen, en une phrase, de passer du rôle de coupable à celui de victime. Il l'entendit sangloter dans le téléphone, il crut entendre des larmes s'écraser quelque part, une fois de plus il détesta cette stratégie féminine consistant à avoir une conversation sans l'avoir, ou en tout cas à la faire dévier dans une tout autre direction que celle qu'on était en droit d'attendre.

31

– Tu n'as même pas essayé de m'appeler, dit-il froidement.

– Je t'ai appelé sans arrêt toute la journée. Tu n'étais pas joignable.

– J'étais dans l'avion, dit-il encore plus froidement.

– Mais pas pendant plus de dix heures.

– Un vol intercontinental, je te l'ai dit.

Il l'entendit grogner entre ses dents quelque chose qui pouvait être « Pourquoi me mens-tu sans arrêt, espèce de sale type », à vrai dire il ne comprit pas bien et ne voulut pas, en toute justice, encaisser des reproches qu'elle n'avait pas clairement formulés. Avant qu'il ait pu lui demander de répéter, elle raccrocha.

Il rappela immédiatement, mais elle ne décrocha pas.

D'un côté, il fut soulagé, car à son goût la conversation n'avait pas tourné à son avantage. D'un autre côté, il commença à se faire du souci. Elle avait l'air désorientée. Elle ne comprenait pas ce qui se passait. Elle n'avait même pas saisi qu'il se trouvait à Tōkyō. Où avait-elle donc cru qu'il serait ? S'était-elle attendue à ce qu'il aille jusque sur la Lune ? À part ça, où voulait-elle qu'il soit, sinon là où il était ? Il était mécontent d'avoir à se justifier de l'endroit où il se trouvait physiquement, mais aussi d'être forcé d'en donner des preuves. Il se trouvait quelque part les pieds sur terre, où exactement, qu'est-ce que ça pouvait lui faire ! Elle ne lui avait même pas demandé comment il allait.

À nouveau il composa son numéro, leur numéro commun, qui désormais n'était déjà plus qu'à elle seule, il se trompa, recommença, puis renonça.

Il parcourut lentement le quai en s'écartant des voyageurs, poursuivit jusqu'au bout où il n'y avait plus personne. Là s'arrêtait la ligne tracée sur le sol que devaient respecter les gens avant de monter, elle faisait place à une grille leur interdisant d'accéder au ballast. Gilbert se mit dans l'ombre d'un pilier, il trouva que c'était réconfortant. Il attendit ainsi un moment, bien adossé au pilier, il attendit le prochain train, attendit le prochain jour, tendu vers cette nuit de velours que la lumière de la gare refoulait vers un inaccessible lointain.

L'heure de pointe était passée. Il vit arriver dans sa direction un jeune homme portant un sac de sport à l'épaule. Il dépassa Gilbert sans se soucier de lui, marchant lentement, comme tiré par un lien invisible, jusqu'à l'extrémité du quai, où il posa son sac au pied de la grille avec un soin excessif. Il tapotait le sac pour lui redonner forme et en effacer les plis, mais c'était à chaque fois un échec. Gilbert regardait le sac s'affaisser à nouveau, puis être encore une fois arrangé. C'était exactement ce qui se passait avec lui, il se donnait un mal fou sans que quiconque s'en rende compte.

Le jeune homme exécutait une sorte de danse autour de son sac, et finalement il sembla être parvenu à le mettre dans un état certes instable, mais satisfaisant pour le moment. Il recula d'un pas pour considérer son œuvre, et c'est alors que Gilbert prit conscience de ce qui l'agaçait chez ce jeune homme : il portait une petite barbiche, au goût du jour, soignée. Gilbert Silvester décida de lui adresser la parole.

À première vue, l'affaire des barbes était assez simple. Dieu portait la barbe et Satan un bouc. Lequel pouvait être rattaché, avec une grande continuité dans l'iconographie, aux représentations antiques du dieu Pan : barbe de bouc, sabots de bouc, sexe de bouc. Aujourd'hui encore les médias, à commencer par le cinéma, recouraient à la barbiche pour caractériser sans ambiguïté un personnage moralement condamnable. Et les jeunes, une fois sortis de la puberté, s'amusaient naturellement à flirter avec cette image du méchant. À se donner des allures de durs, alors qu'on leur reprochait leur veulerie. Des jeunes dont personne n'avait plus que faire ne pouvaient au fond que se donner ce style, suggérant qu'il fallait compter avec eux.

Le jeune homme se détourna de son sac et entreprit d'escalader la grille. Avant qu'il ne passe sa jambe par-dessus, Gilbert s'approcha de lui.

L'autre sursauta, se laissa retomber, se releva, tout mince, et s'inclina plusieurs fois, très bas, et très gêné. Gilbert sortit en anglais une phrase aussi polie que possible, commençant par dire banalement qu'il ne voulait pas déranger. Non, il ne dérangeait pas du tout, marmonna d'en bas le jeune homme, le front encore plus près du sol, pas le moins du monde. Ce qui le dérangeait en revanche, et il en demandait mille fois pardon, ce qui l'avait retenu et avait ébranlé sa résolution, c'était cette lumière dont ils avaient tout récemment équipé les gares, cette lumière bleue des LED, censée créer une ambiance de bonne humeur, positive, aimable, une lumière qu'on avait installée exprès pour des gens comme lui. À vrai dire il avait cru qu'il lui serait possible de passer outre et de mettre tout de même son projet à exécution. Il s'excusait. Il avait échoué.

Le jeune homme parlait extrêmement mal l'anglais. Gilbert considéra avec attendrissement cette maigre barbiche qui rebiquait et redescendait. Selon les chercheurs, les triangles pointe en bas avaient sur le cerveau humain l'effet d'un signal menaçant. Cette touffe chétive était fort loin de former un triangle notable. Gilbert jugea préférable de laisser tomber le sujet pour le moment.

Il l'avait observé, parvint-il finalement à dire pour prendre les devants, il avait observé qu'il se souciait de son sac de façon touchante. Il fallait qu'il ait un grand sens du devoir. Il mettait

35

manifestement toutes ses forces au service de l'État et de la collectivité. Lui, Gilbert, souhaitait lui exprimer les remerciements de tous les étrangers, car ce pays, le Japon, était en excellente condition, propre, sans odeurs, ouvert au tourisme.

Gilbert avait lu quelque part qu'il était bien de soutenir une conversation avec les personnes suicidaires, afin de les faire penser à autre chose. Cela semblait marcher particulièrement bien au Japon, où les bonnes manières excluaient qu'un jeune homme ne répondît pas aux questions d'un homme plus âgé, même s'il n'en comprenait pas un mot.

La barbiche tremblota lorsque le jeune homme ramassa son sac et suivit Gilbert vers la sortie.

Takashimadaira

Yosa Tamagotchi avait été sur le point de se jeter sous le train parce qu'il avait peur d'être collé à ses examens. Le sac contenait une lettre d'adieu soigneusement calligraphiée et datée. Il étudiait la pétrochimie, ses notes étaient bonnes, mais peut-être pas assez bonnes. Par peur du déclassement social, il s'était doté d'une barbe, car avec cette allure jamais une firme ne l'embaucherait. Si bien qu'en cas d'échec il pourrait toujours se dire que c'était la faute de sa barbe; à l'inverse, s'il y avait une chance qu'une firme l'embauche tout de même, rien de plus facile que de se raser. Mais voilà que sa peur de l'examen avait pris des proportions telles qu'elle le paralysait au point qu'il n'était plus en état de penser, et encore moins de retenir quoi que ce fût. Ses examens ne pourraient donc que mal se passer. Ses parents possédaient un petit commerce de thés, ils travaillaient jour et nuit pour qu'il puisse poursuivre des études. Il était enfant unique et sur le point de leur causer la plus profonde déception.

Yosa buvait du bout des lèvres une petite bière. Gilbert l'avait amené au sushi bar où il était déjà venu l'après-midi, lui avait offert à manger et lui avait posé quelques questions prudentes, point trop personnelles. Yosa se tortillait comme un préposé aux renseignements dont le guichet est fermé depuis une demi-heure, mais où un client s'incruste.

Il fallait qu'il y retourne, dit-il enfin à mi-voix. C'était bientôt l'heure du dernier train.

Absurde! s'exclama Gilbert en improvisant. Le lieu était mal choisi. L'éclairage peu favorable, Yosa lui-même en avait convenu. N'existait-il pas un meilleur endroit pour mener à bien son projet?

Yosa Tamagotchi se tassa encore davantage sur lui-même. De fait, déclara-t-il, l'endroit n'était pas particulièrement bon. Pour ce qu'il voulait faire, il y avait de bons endroits et des mauvais. Plus exactement, au Japon, ces endroits se classaient selon une hiérarchie rigoureuse. Bonnes étaient les falaises de Nishikigaura sur le Pacifique; très bon également le cratère du volcan Mihara; moche était cette gare de Tōkyō, qui était vulgaire, tandis que les falaises, par exemple, conféraient leur sublime élévation à qui se servait d'elles pour en finir. Lui-même, insignifiant étudiant, avait estimé que cette gare lui correspondait, mais naturellement il rêvait, comme n'importe qui l'aurait fait dans sa situation, d'une certaine falaise sur le Pacifique. Plantée de pins, cette falaise était d'une beauté déchirante, et il fallait guetter le bon moment, celui où le soleil donnait sur le rocher sous un angle précis.

Yosa s'enthousiasmait en parlant. Puis il se ressaisit et reprit le ton résigné qui manifestement convenait à ce qu'il était.

Nous trouverons un meilleur endroit, promit crânement Gilbert, et comme cela était dit sur le ton de l'autorité, Yosa s'inclina.

Ils finirent leurs bières et Gilbert Silvester hébergea le jeune Japonais dans sa chambre d'hôtel. Il fit apporter un futon à dérouler le long du mur opposé, le plus loin possible de son lit. Yosa Tamagotchi, après avoir été pris sur le fait, démasqué, sermonné, semblait s'être résigné et se plier sans une plainte à toutes les mesures que prendrait désormais Gilbert. Toute la soirée il avait tremblé d'émotion, à présent une sorte d'apathie s'emparait de lui, il se sentit humilié et épuisé. Il s'endormit aussitôt.

Nous trouverons un meilleur endroit, murmura pour lui-même Gilbert, mais pas aujourd'hui. L'occasion de rappeler Mathilda était maintenant passée. Il ne voulait pas réveiller Yosa. Il regarda néanmoins l'écran. Il affichait quarante-trois appels en absence, datant à vrai dire de la veille, tous de sa femme. Quand elle s'était mis quelque chose en tête, elle avait tendance à l'exagérer outre mesure. Il enfila son pyjama et tira de sa serviette

39

de cuir les livres qu'il avait achetés à l'aéroport. La lampe à la tête du lit donnait un faisceau strictement délimité, le reste de la pièce respirait une nuit noire. Gilbert Silvester lut encore un peu les journaux de voyage de Bashō. Puis il éteignit la lumière et resta longtemps étendu dans l'obscurité, tout remué.

Matsuo Bashō, à qui le haïku devait son grand renouveau, avait entrepris un voyage dans le nord sauvage et dangereux du Japon. Il parcourut à pied deux mille quatre cents kilomètres au total et conçut cette pérégrination, pleine de tourments, de souffrances et de périls, comme un pèlerinage. D'une part cela le conduisit vers des lieux notoires du pays, sanctuaires et monuments, d'autre part il marcha sur les traces de prédécesseurs vénérés, en particulier celles du poète Saigyō, qui avait suivi ces sentiers cinq cents ans avant lui, visitant temples et reliquaires, admirant la nature et composant des poèmes à ses différentes étapes.

Saigyō était issu d'une vieille famille prospère. Il servait à la cour de l'empereur et était promis à une brillante carrière. D'une grande beauté, il avait la réputation d'un cavalier accompli et d'un sabreur hors pair. Lors d'une joute entre poètes, il composa les meilleurs poèmes et reçut comme prix une arme de grande valeur et de nobles robes de soie. Il aurait pu poursuivre ainsi sur le chemin de la gloire, il était encore jeune, agile et fort prometteur, mais alors il quitta Kyōto, d'une façon surprenante et abrupte. L'inconsistance de toutes choses sur terre le mettait au supplice, et la vanité de la cour lui répugnait. Il quitta son souverain vénéré, quitta sa femme qu'il aimait, et son enfant, sans s'expliquer davantage. Il prononça ses vœux, quitta sa région d'origine et la capitale, et entreprit une longue pérégrination solitaire. Il aspirait à la connaissance, à la libération et à l'illumination. Il avait envie de lune, envie de clair de lune sur les cerisiers en fleur.

Lorsque Bashō se met en route, il a quarante-cinq ans, et encore cinq années à vivre. À ce moment-là, il est depuis longtemps célèbre, entouré de quantité d'élèves, d'amis et de bienfaiteurs, et sa célébrité a fini par lui peser. Tous ces gens dispersent son attention, ils l'écartent de son art de poète.
Comme son modèle Saigyō, Bashō part vers le nord pour laisser derrière lui tout ce qui est de ce bas monde. Comme Saigyō, il éprouve le besoin de se détourner de la société pour suivre sa vision poétique, pour développer un regard neuf sur le monde, un renouvellement radical de sa poésie.
Bashō vend sa petite maison et tout ce qu'il possède, prend congé de ses amis et s'enfonce dans l'intérieur des terres, aux chemins malaisés. Cela devient un voyage du corps, cela devient tout autant un voyage spirituel. Bashō a une image devant les yeux. Tel Saigyō des siècles avant

lui, il éprouve la nostalgie de la lune. De la lune au-dessus de Matsushima.

Matsushima, le lieu le plus beau du Japon, la baie des Îles aux Pins. À Gilbert, cela plaisait extraordinairement. Sa propre situation était finalement analogue, il avait tout laissé derrière lui, exécuté une brusque volte-face, s'était éloigné de son existence temporelle autant que faire se pouvait. Il avait, tout comme Saigyō, laissé sa femme dans l'ignorance de ses projets, il avait même annulé sa participation au congrès.

Les voyageurs qui se rendaient à Matsushima étaient des *lunatics*, des somnambules, des excentriques. Ils inventaient leurs propres légendes dorées, rien ne comptait pour eux en dehors de la poésie, et la poésie signifiait à leurs yeux le chemin de l'esprit vers le néant. C'étaient des extrémistes, des ascètes, fous d'une certaine espèce de beauté, la beauté fugitive des arbres en fleurs, la beauté équivoque du clair de lune, la beauté vague d'un paysage qui se retire en lui-même.

Gilbert se représentait la pleine lune au-dessus des pins noirs. Une lumière argentée, déversée sur des silhouettes en broussaille, sur les physionomies hirsutes de vieux vagabonds. De moines nomades. D'artistes aux barbes leur arrivant aux genoux. Il eut un sourire crispé d'excitation, le regard plongeant dans les profondeurs de sa chambre, dans les profondeurs de l'univers, et il tapa à sa convenance l'oreiller excessivement mou. Il avait un but.

À un certain moment, il tâtonna dans l'obscurité totale pour trouver son téléphone et alluma l'écran bleuté. Entre-temps vingt-cinq mille appels étaient arrivés, il n'avait rien entendu. Peut-être que la sonnerie marchait mal. Cela n'avait aucun sens d'écouter le répondeur, vu cette quantité de messages il y aurait passé des jours et des nuits. Si quelqu'un voulait vraiment le joindre, il n'avait qu'à rappeler.

Vingt-cinq mille messages, vingt-cinq mille aiguilles de pin, luisant au clair de lune. Ces aiguilles de pin se balançaient dans le vent, puis elles se détachaient de leurs branches et dessinaient des champs magnétiques, comme de la limaille attirée par un aimant. Un dessin tout en traits fins, en hachures mouvantes qui s'enroulaient en spires. Partout de l'asphalte gris, un vide oppressant. Un quai de gare, une grille. Une infinité d'aiguilles de pin qui tourbillonnaient. Le train entrait en gare.

Gilbert Silvester fut réveillé par des bruits dans la salle de bains. Le Japonais avait soigneusement roulé le futon et l'avait rangé derrière les cubes blancs, de sorte qu'il ne prenait pratiquement aucune place. La porte de la salle de bains laissait dix centimètres d'ouverture au ras du sol. Par cette aération passait de la vapeur blanche. Le sac de sport du Japonais était posé contre le mur près de cette porte, fermeture éclair ouverte. Sans rien toucher, Gilbert se permit d'y jeter un coup d'œil. Un peu de linge, du papier et de quoi écrire. Sur le sac, un livre à la couverture ornée d'un dessin qui figurait maladroitement des cercueils et dont le titre japonais était, selon la mode du moment, imprimé aussi en anglais. *The Complete Manual of Suicide*. Typiquement un livre vendu sous le manteau, à l'usage d'une clientèle typique aussi, d'étudiants un peu particuliers mais coincés, au comportement d'adolescents attardés, ayant d'eux-mêmes une image floue et guère flatteuse. Yosa se donnait un air réservé, mais en secret il avait la folie des grandeurs. Les étudiants de Gilbert se comportaient d'une façon assez analogue. Des personnalités improbables, sachant d'emblée qu'elles le resteraient, et qui peut-être précisément pour cela se retrouvaient dans ses séminaires : il leur offrait le meilleur exemple en la matière.

Espérant que Yosa Tamagotchi en avait encore pour un moment dans la salle de bains, Gilbert appela Mathilda.

Elle mit du temps à répondre. Il s'en voulait déjà d'avoir pris l'initiative. Au vu de la situation actuelle, il avait supposé que ce serait tout de même elle qui attendrait son appel. Mais non, le ton était revêche.

– C'est le milieu de la nuit !

Comme échaudé à l'eau bouillante, il s'avisa qu'il n'avait pas tenu compte du décalage horaire, et il s'excusa.

– Excuse-moi, je n'ai pas pensé au décalage horaire.

– Forcément, tu es à Tōkyō.

Le ton était légèrement sarcastique.

– J'avoue que c'est une sensation étrange, de se trouver dans un autre fuseau horaire que toi.

Cela se voulait une offre de réconciliation, voire une déclaration d'amour.

Elle hésita.

– Et tu reviens quand ?

Il resta muet, effrayé, parce qu'il ne s'était pas encore posé la question.

– La situation s'est compliquée, depuis hier soir, finit-il par dire en regardant la porte de la salle de bains – ce qu'à vrai dire Mathilda ne pouvait pas voir.

– Je suppose donc que ça va encore durer. Tu pourras peut-être te manifester lorsque la situation sera plus claire, dit-elle d'un ton pincé.

La communication était terminée.

Dans la salle de bains, l'eau coulait depuis un bon moment. Gilbert frappa timidement à la porte. On ne pouvait être trop prudent : ce jeune homme était bien capable, contrairement à tous les conseils qu'il lui avait donnés, de se noyer dans la baignoire. Mais Yosa répondit immédiatement qu'il avait presque fini.

Il fallait que Gilbert envoie à Mathilda un texto d'explication. Sinon elle risquait d'avoir l'idée d'aller au commissariat pour signaler qu'il avait disparu ou qu'il était irresponsable, ou les deux. On localiserait son smartphone, on vérifierait qu'il se trouvait à Tōkyō, ce qui ne ferait que corroborer ce que pensait Mathilda. Il avait toujours été agacé par sa vision rigoriste des choses, et la trouvait un peu trop perfectionniste et obtuse. Bien des gens prenaient l'avion pour passer un week-end à faire des achats à New York, ou partaient tout à coup surfer en Australie, pourquoi faudrait-il que lui, spécialement, soit déclaré fou pour avoir fait un saut à Tōkyō ? Il était majeur et responsable, payait avec une carte approvisionnée et n'avait de compte à rendre à personne. Il estima, à la réflexion, que le mieux était de présenter à sa femme son voyage comme une enquête scientifique. Une collecte de données inédites sur les rapports des Japonais à leurs barbes. Mathilda était du genre à accepter sans broncher tout ce qui pouvait favoriser une carrière. C'est dans cet esprit qu'il se mit à pianoter sur le minuscule clavier un assez long message.

Tandis qu'il écrivait encore, le Japonais était sorti de la salle de bains dans un peignoir en tissu-éponge blanc, avait fouillé dans son sac, s'était assis en tailleur devant une feuille posée sur l'un des cubes et avait entrepris de calligraphier une nouvelle lettre d'adieu. Il l'orna d'un dessin à l'encre représentant le mont Fuji, peu reconnaissable à vrai dire, parce que noyé dans un nuage. Gilbert soupira. D'un côté, le Japonais avait accepté son influence et déjà l'imitait, écrivant quand c'était le moment d'écrire, sachant se servir du mobilier et se montrant globalement calme. D'un autre côté, il se laissait trop aller aux postures théâtrales chères à la jeunesse. Une lettre d'adieu après l'autre, un mont Fuji mal dessiné, comme vu à travers des larmes : ce garçon était une nouille, à vous faire perdre patience, l'incarnation de l'œdipe.

Ils se rendirent ensemble dans la salle du petit-déjeuner et prirent place à une table près de la fenêtre. Yosa mangea un bol d'une indéfinissable bouillie de riz et but du thé vert. Il avait passé une chemise blanche propre, ses cheveux luisaient. Gilbert nota qu'il était très svelte, qu'il se tenait assis très droit et qu'il bougeait les mains avec une extrême élégance. Lui-même s'était composé au buffet un petit-déjeuner continental. Café, toasts, œufs brouillés, jus d'orange. En mangeant, il s'efforça de ne pas regarder le bol de bouillie de riz. Gris et visqueux. Inconcevable que le Japon passât pour un pays de culture raffinée.

Ils mangèrent en silence. Yosa attendit, tête baissée, que Gilbert pose couteau et fourchette. Puis il le remercia humblement pour son aide, sa sollicitude et son hospitalité. Gilbert lui avait donné courage. Redonné confiance en lui. Il avait envers lui une dette immense dont il ne pourrait plus s'acquitter dans cette vie, il faudrait donc que Gilbert s'adresse à ses parents, qui se réjouiraient de le faire profiter des meilleurs thés de leur assortiment. Il tendit à Gilbert, avec précaution et des deux mains, un petit papier avec leur adresse, s'inclina très bas et annonça qu'il partirait aujourd'hui à la recherche d'un meilleur endroit.

Gilbert haussa les sourcils d'un air incrédule et vit aussitôt Yosa flancher. Au moindre air dubitatif de sa part, le visage du garçon s'assombrissait comme au passage d'un vol de grues. Les mains jointes sur le ventre, se tenant bien droit et la tête baissée, Yosa déclara qu'il était en possession d'un manuel. Dans ce manuel étaient énumérés les endroits qui convenaient bien, mal, moyennement ou le mieux. Il avait fait son choix et trouvé un endroit de la meilleure catégorie.

Gilbert s'efforçait à présent d'afficher une mine inexpressive.

Bien, dit-il. Je t'accompagne.

Pour aller jusqu'au métro, Yosa porta son sac de sport avec le manuel, Gilbert avait pris sa serviette en cuir où se trouvait le récit de voyage de Bashō. Il n'était pas encore allé très loin dans sa lecture, mais déjà le début l'avait convaincu. Ascèse monacale, retenue et modestie, pauvreté en esprit. Son projet personnel de retrait consistait aussi à créer un espace intermédiaire. Un espace entre lui et la société, lui et les conventions sociales, lui et les bizarres contraintes de l'omniprésent turbo-capitalisme. Une pérégrination qui le détournerait au maximum, afin de retrouver une autonomie qui se distinguât fortement de cette liberté octroyée par l'argent au brave citoyen. Lui-même n'était pas richissime, mais il avait de quoi entreprendre à l'improviste un long voyage en avion. Un voyage qui, comme il était déjà apparu, ne constituait nullement la solution de ses problèmes. Un voyage dont sa femme ne le croyait même pas capable.

Ils prirent la ligne Mita en direction de Takashimadaira. Yosa acheta des billets pour eux deux, pilota Gilbert à travers le labyrinthe souterrain des escaliers roulants et des couloirs carrelés, et dans le train il paya pour qu'ils aient deux places assises. Il expliqua que le trajet serait long, qu'ils allaient presque jusqu'au terminus. Il posa son sac sur ses genoux, en tira le manuel et, sans un mot de plus, se plongea dans sa lecture. Gilbert l'imita, mais n'arriva pas à se concentrer. Il ferma les yeux et écouta longtemps le roulement du train et le bruit des portes s'ouvrant et se refermant. Au

bout d'un moment il sursauta, Yosa l'ayant déli-
catement secoué. Il était temps de descendre. Yosa
lui tendit son livre, qui lui avait glissé des mains.
Matsushima, lut le Japonais avec satisfaction. Ah,
Matsushima ! ajouta-t-il avec émotion, et Gilbert
vit que la petite barbiche tremblotait.

Ils sortirent de la gare et se retrouvèrent dans
une banlieue terne. Yosa suivait l'itinéraire indi-
qué dans son manuel. Gilbert trottinait à ses côtés.
Il se sentit tout à coup terriblement épuisé.
Des immeubles en béton. Tous orientés à l'iden-
tique, tous de dix étages. Misérables, en piteux
état. Cité-dortoir pour cas sociaux. On se serait
cru à Berlin-Hellersdorf. Ou dans les faubourgs
de Moscou. Ou en Sibérie. Comment voulait-on
que ce quartier présentât quelque avantage par
rapport à la gare dans Tōkyō ? Gilbert ne voyait
pas.
Yosa lui fit traverser un centre commercial
où quelques enfants faisaient du skate-board.
Personne n'y faisait des achats. Ils longèrent ces
immeubles jusqu'à ce que Yosa se dirige vers
une porte. Elle n'était pas fermée. Une grande
entrée nue, ni poussettes ni poubelles, juste un
mur blanc repeint de frais, aussi stérile d'aspect
que dans un hôpital. On ne se sentait pas à l'aise.
L'ascenseur était hors service et ils gravirent les
escaliers jusqu'au dixième étage, puis accédèrent
au toit par l'échelle de fer. Personne ne les arrêta.

L'entreprise se déroulait d'une façon parfaitement banale.

Du toit, on avait une vue dégagée mais principalement sur les autres toits de la cité, à même hauteur. Comme si l'on se trouvait sur une grande esplanade grise, coupée à certains endroits par de profondes tranchées. À l'extrême bord de cette surface, très loin, ce semblait être le début des montagnes, mais comme sur le dessin de Yosa dans sa lettre, elles étaient enveloppées de nuages bas. Est-ce que l'une d'elles était le Fuji ? Gilbert fut incapable de le distinguer. Machinalement il chercha des yeux une table d'orientation, comme celles installées sur les points de vue en Suisse pour expliquer le panorama aux touristes. Une vue circulaire reproduisant à traits fins les contours des sommets, et indiquant leurs noms et altitudes.

Mais le toit était vide. Gilbert ne voulut pas demander à Yosa si son manuel donnait des précisions. Évidemment, une vue sur le mont Fuji serait pour cet endroit un avantage indiscutable. D'un autre côté, il était fort possible que le manuel appliquât de tout autres critères et que cet endroit présentât précisément l'avantage de n'avoir pas le moindre intérêt. Un endroit si déprimant, si désolant que, mieux que tout autre, il aiderait un jeune homme las de vivre à mettre son projet à exécution. Yosa, pour sa part, ne semblait pas tout à fait certain que ce toit eût les qualités répondant à ses exigences. À plusieurs reprises il alla jusqu'au bord, regarda en bas vers la rue, revint, alla voir de l'autre côté. L'immeuble était pourvu de balcons sur toute sa façade, et les occupants y mettaient leur linge à sécher. Juste sous eux, un pull rose à capuche flottait par-dessus la rambarde, se tortillant sur son cintre au-dessus du vide puis revenant à sa place de départ.

Yosa feuilleta une fois de plus son manuel, qui manifestement donnait des indications sur l'orientation la plus appropriée, car le garçon se repéra par rapport à la façade sur rue, mesura des distances à grands pas, comme s'il voulait prendre son élan, puis testa avec sa semelle si le sol était glissant. Après une phase d'activité digne d'un agent immobilier, il se calma soudain, s'assit en tailleur au bord du toit et demeura longtemps en méditation, le regard fixé sur le point où Gibert avait supposé que se trouvait le Fuji. Enfin il se leva, lissa ses vêtements et, avec force courbettes, voulut confier son sac de sport à Gilbert. Qui refusa. Et à son tour arpenta le toit, shoota dans un caillou dont on se demandait ce qu'il venait faire là, donna un coup de pied pour tester la bordure du toit, laquelle ne céda pas. Il vérifia en technicien que l'échelle métallique tenait bon, puis il ne trouva plus rien à faire.

Chère Mathilda,
Dans la culture extrême-orientale, la sublime profondeur revêt une haute valeur relative. Il est

dit que ce qui est profond n'attire pas le regard, ce n'est pas ceci ou cela, ce n'est ni bruyant ni clinquant, c'est d'une telle sereine retenue que l'homme peu sensible, a fortiori étranger, n'a guère l'occasion de le remarquer. Jamais cela ne se pousse au premier plan, mais cela ne constitue pas non plus l'arrière-plan, c'est trop important pour cela. Est-ce quelque chose d'intermédiaire, est-ce significatif ? Est-ce secret ? Ce n'est rien de tout cela. C'est sans couleur et sans saveur, c'est sans marque nette ; c'est subtil, c'est peut-être lié à ce qui, dans la tradition occidentale aussi, est dit sublime. Sauf que cela ne s'exprime pas dans le pouvoir et la violence, qu'on ne le vit pas dans la démesure, pas dans la grandeur ou la domination. Ainsi, on ne le perçoit pas au milieu de rochers escarpés aux surplombs quasi menaçants, etc., mais plutôt dans la calme contemplation de roseaux à perte de vue ou d'herbe sèche en automne, dans une nature sans rien de particulier qui attire l'œil, dans un paysage de vide et de mélancolie. Finalement, que l'objet de contemplation soit un marécage, de l'herbe ou des bambous, que ce soient des feuilles flétries, un champ couvert de brume ou des montagnes voilées de nuages, ce qui est requis, c'est une disposition d'esprit capable de voir partout la profondeur. Car il est dit que c'est elle qui constitue le fondement des apparences. Et aussi bien, cela rejoint peut-être ce qui, dans la mystique allemande, est appelé *der Ungrund*, le sans-fond.

Il y avait là trop de bruit, décréta-t-il en s'adressant à Yosa. On entendait le bruit de la rue, c'était inacceptable. En outre la lumière était trop crue, il s'était attendu à quelque chose de feutré, un environnement maussade, gris, susceptible de tout amortir, mou au point qu'on n'éprouverait plus rien de soi-même. Cet endroit, au contraire, débordait de sensations déplaisantes. Il ne sentait pas bon, Yosa ne l'avait pas remarqué ? Désodorisants pour W-C, produits à vitres, liquides vaisselle. Des parfums chimiques, beaucoup trop concentrés de surcroît ; même lui qui n'avait pas grandi dans cette culture, il trouvait ça non-japonais, ça manquait tout simplement de décence.

Il alla vers l'échelle en fer, puis, pour plus de sûreté, se retourna encore une fois vers Yosa et déclara que cet endroit était définitivement hors de question. Yosa était planté là sur ce toit, mince et bien droit, il portait un manteau en popeline mince dont les basques flottaient et les bouts de sa ceinture dénouée se soulevaient dans son dos comme les queues en papier crêpe d'un cerf-volant. Il serrait très fort son sac de sport. Visage impénétrable. Tenant lui-même sa serviette sous le bras, Gilbert descendit par l'échelle jusque dans la cage d'escalier. Il s'arrêta, tendit l'oreille. Derrière la porte d'un appartement, un jeune couple se disputait. Derrière une autre, quelqu'un passait de la musique rock. Rien ne venait du toit. Il descendit jusqu'au palier le plus proche, jusqu'à un deuxième, à un troisième. Puis il entendit les semelles légères du Japonais faire résonner les barreaux métalliques. Il l'attendit devant l'immeuble. Ils retournèrent sans un mot à la station de métro.

Tout cela, comme on pouvait l'apprendre de Bashō, devait se situer à un autre niveau. Étapes systématiquement à pied. Logements extrêmement simples. Renoncement à des accessoires techniques, à commencer par les téléphones portables. Il fallait commencer par là pour parvenir à une attitude permettant de prendre du recul par rapport à ce surmoi qui, au quotidien, cherchait à tenir chacun d'eux sous contrôle. Une attitude souveraine et sans besoins, qui permettrait finalement de se tourner, sans grande restriction, vers d'autres choses. Vers la vie intérieure. Les pins. La lune.

Cela ne peut pas continuer comme ça, dit sévèrement Gilbert lorsqu'ils se retrouvèrent dans sa chambre d'hôtel. Il allait se rendre aux Îles aux Pins, en suivant le chemin qu'avait pris Bashō. Il allait entreprendre un pèlerinage, un voyage de nettoyage spirituel, et lui, Yosa, pourrait être son assistant.

Yosa était assis, tête baissée, sur l'un des cubes. Gilbert n'était pas sûr qu'il eût bien compris ce qu'il venait d'annoncer. Il ne montrait pas la moindre réaction. Peut-être qu'il méditait.

Gilbert s'étendit sur son lit avec le livre de Bashō. Au bout de très peu de temps, les lignes se brouillèrent devant ses yeux. Il aurait bien aimé savoir ce que Mathilda était en train de faire. C'était le début de l'après-midi, à Tōkyō du moins. Il calcula le décalage horaire. Peut-être venait-elle de se lever. Peut-être qu'elle faisait le café et mettait la table du petit-déjeuner pour elle seule ? Cette grande perche de stagiaire ridicule était-il déjà assis à sa place ? Dès qu'il pensait à Mathilda, une boule de flammes s'élevait dans son abdomen, montait jusqu'au sommet de son crâne et, pour peu qu'il clignât des yeux, la chambre entière se tapissait d'un rougeoiement de colère. Traces sanglantes aux murs, grosses gouttes tombant du plafond, une averse dont le flamboiement au sol montait jusqu'aux chevilles. Gilbert se leva rageusement, pataugea jusqu'au second cube, s'accroupit devant et se mit à esquisser l'itinéraire du voyage sur un bloc-notes de l'hôtel. Il appuya fort avec le stylo-bille de l'hôtel. La feuille d'en dessous : une copie en relief pour Yosa. Ils s'en tiendraient strictement aux indications de Bashō. Si le jeune Japonais avait d'autres desiderata, il n'aurait qu'à le dire.

Pour leur dîner, Yosa Tamagotchi descendit par l'ascenseur et remonta avec deux bentos achetés dans une petite boutique de la rue. Dans l'un des cubes, il trouva une bouilloire, des tasses et des sachets de thé. Gilbert n'aurait pas eu idée d'examiner les cubes de près, mais à présent il découvrit par quel côté l'autre s'ouvrait. Il contenait le minibar, avec diverses boissons et des choses à grignoter. Yosa prépara du thé vert. Frugal pèlerinage, thé ascétique. Gilbert allait devoir, c'était prévisible, s'habituer au thé.

Yosa ouvrit les barquettes en plastique, disposa les baguettes, versa le thé. Riz au sésame noir, avec carottes taillées en forme de fleurs, raifort mariné, tofu découpé en rondelles, poisson blanc frit, légume gris-vert avec petits morceaux de gingembre rose.

Une fois qu'ils eurent terminé leur repas en silence, Yosa prit timidement la parole. Il se justifia.

La cité où ils s'étaient rendus dans la journée était l'une des plus célèbres du Japon. Immeubles sociaux des années 1950, projet modèle de logements en dur pour la population rurale arrivant dans les grandes villes. Électricité et eau courante, hygiène et modernité. Des appartements certes minuscules mais censés intégrer socialement les plus pauvres, les défavorisés, les déshérités, et créer comme une cloche d'accueil et de protection, quand au crépuscule une chaude lumière s'allumait dans des millions de fenêtres, quand l'hiver on rentrait du travail pour trouver un espace chauffé et profiter des conquêtes de la civilisation. Bien sûr, après toutes ces années, l'éclat s'était nettement terni. Taux de criminalité en hausse, bâtiments dégradés. Nombreux logements vacants. Pendant que d'autres pays se vantaient d'avoir, pour les masses, emprunté à la tradition japonaise le principe d'une architecture simple, disons le modèle de la petite maison en bois à cloisons minces et portes coulissantes, le Japon, de son côté, s'inspirait du Bauhaus et considérait les nouvelles forteresses de béton non pas comme une évolution de l'architecture autochtone, mais plutôt comme un signe d'ouverture au monde et d'internationalisme.

Entre-temps, il fallait dire qu'il s'agissait d'un signe de déclin. Celui qui se jetait dans le vide du haut de ces immeubles donnait à son acte une valeur symbolique.

Symbolique de quoi ? s'enquit Gilbert.

Yosa Tamagotchi ne sut pas quoi lui répondre.

Ils se couchèrent tôt.

Gilbert rêva d'un gigantesque champignon en forme d'éponge, haut comme un immeuble et criblé de petites ouvertures comme des fenêtres, à croire que de monstrueuses limaces s'y étaient frayé leur chemin en s'en nourrissant. Cela n'avait rien de plaisant de loger dans ce champignon-immeuble, car la pourriture dégoulinait des murs et couvrait tout d'un noir visqueux. Encore dans son rêve, Gilbert était furieux contre ce jeune Japonais qui dégageait une telle énergie dépressive qu'il lui inspirait, à lui Gilbert, des images du même genre. Il trouvait inconcevable que le Japonais ne pût pas au moins rêver ses rêves lui-même. Ce garçon, se dit-il en fourrant dédaigneusement son doigt dans le noir visqueux, n'était vraiment bon à rien, c'était un raté total.

Aokigahara

Chère Mathilda,
Le jeune homme que j'ai ramassé dans Tōkyō
va faire un petit voyage avec moi. Il est disposé à
marcher en ma compagnie sur les traces de Bashō,
à entamer un pèlerinage qui, peut-être, le ramè-
nera à la raison. Ce Yosa est hypersensible, totalement égocentrique et infiniment gâté, je pars donc
de l'idée que cela lui fera du bien d'accomplir
de longues marches en mangeant peu et d'avoir
affaire à la beauté des paysages japonais ainsi qu'à
la tradition de la poésie japonaise. Au fond c'est
une absurdité que nous en soyons venus à cela,
il s'agit de son pays et non du mien, et, comme
tu le sais peut-être, je n'ai absolument pas le
temps ni l'envie de m'adonner à la contemplation
des plantes, des vagues et des montagnes sur un
continent étranger. Mais à vrai dire je ne vois pas
d'autre solution, je ne peux abandonner ce jeune
homme à lui-même dans l'état où il se trouve. Il
m'a arraché la promesse qu'au cours de ce voyage
nous ferions aussi étape dans quelques lieux de

son choix. Comme la forêt des suicides d'Aokigahara et celle du volcan Mihara sur l'île d'Izu-Ōshima, les suicidaires qui veulent avoir une fin particulièrement chic ont coutume de se jeter dans son cratère. Malheureusement, ces endroits ne se trouvent pas sur l'itinéraire de Bashō, ils se situent plutôt dans la direction opposée, mais encore dans la région de Tōkyō, ce qui montre une fois de plus que ces modes de suicide ne sont pas particulièrement innovants, mais qu'on investit tout simplement des destinations classiques d'excursion. Quoi qu'il en soit, nous allons commencer, pour des raisons tenant à l'économie de nos trajets, par ses endroits à lui, et nous partirons donc vers le nord.

Ils quittèrent Tōkyō par le train, puis continuèrent un moment en bus, et Gilbert fut mécontent de constater qu'ils faisaient pratiquement marche arrière. Au lieu de se diriger vers le nord, ils allaient vers le sud, en direction du Fuji, au pied duquel se trouvait la forêt que Yosa voulait voir à tout prix. Yosa avait ses affaires dans son sac de sport, Gilbert ne portait que sa serviette en cuir. Il avait laissé sa valise dans le réduit à bagages de l'hôtel, une valise était trop malcommode, il n'avait que faire d'une valise au cours d'un pèlerinage. Dans sa serviette il avait fourré ses affaires de toilette et un peu de linge de rechange, un stylo, de l'encre, un bloc-notes, ainsi qu'un parapluie et, à tout hasard, les couverts en plastique de l'avion. Dans le bus, la serviette déformée lui pesait sur les genoux.

Bashō, à son départ, se plaignait d'avoir trop de bagages : de devoir porter de quoi se protéger de la pluie, du poids de ses instruments d'écriture et de peinture, mais surtout des nombreux cadeaux d'adieu de ses amis, qu'il n'avait pas prévus, mais qu'enfin il ne pouvait pas non plus refuser et que, par politesse, il était dès lors obligé de prendre avec lui.

Gilbert s'était chargé seulement de ce que Bashō lui-même avait prévu d'emporter, à l'exception du vêtement de papier contre la fraîcheur nocturne, car il supposait qu'ils ne coucheraient pas en plein air, à l'exception aussi du kimono de bain, car ils n'auraient pas l'occasion de se baigner en public, pas le temps ou du moins, pour sa part, aucune intention, et, enfin, à l'exception des cadeaux d'adieu, car personne ne lui en avait offert.

Personne ne lui avait même dit au revoir. Il était parti en voyage, et personne ne s'en était soucié – dès lors, ce qu'il entreprenait dans ce pays lointain était en soi sans importance. Vu d'Allemagne, y avait-il une différence notable entre Tōkyō et la région de Tōkyō, y avait-il une différence entre l'île principale de l'archipel japonais et une collection de minuscules îlots dispersés dans une baie excentrée de cette île principale, reproduisant le même ensemble mais en modèle réduit ? Vu d'Allemagne, ce voyage ne pouvait que donner l'impression qu'il l'entreprenait sans changer notablement de lieu, donc il voyageait sans voyager. Il voyageait un peu dans le cadre d'un plus grand voyage qui, vu d'Allemagne, avait été d'emblée mis en doute.

Yosa lui avait cédé le siège côté fenêtre, mais au-dehors il n'y avait rien à voir. Du coin de l'œil, Gilbert s'aperçut que Yosa dévorait d'énormes quantités de nourriture qu'il avait dû se procurer quelque part en quelques secondes, sans même que Gilbert s'en fût rendu compte. Des triangles de riz enveloppés d'alu, farcis d'ingrédients divers que Yosa nommait à chaque fois avant de mordre dedans. Prunes salées. Thon. Champignon doré. Viande de bœuf. Épinard. Yosa n'avait-il pas compris qu'ils entamaient un voyage fait d'épreuves et de privations ? Ou bien croyait-il que c'était vraiment la dernière occasion de se goinfrer ? Finalement, Gilbert trouva tout ça trop bête et se fit donner un triangle bien noir avec des crevettes à la mayonnaise.

Paysage sauvage. Des forêts défilaient en altitude, couronnes d'un blanc gris, s'épanouissant en cimes claires, enfilade de nuages. Au-dessus de l'autoroute à quatre voies, au-dessus des sommets arrondis des montagnes, des rizières sans fin, des amas pâles planaient sur des couches d'air plus hautes, intacts, inabordables, inaccessibles, on voyait aller à la dérive un ultime paysage de nature fait de vapeur d'eau et de glace, impraticable, exilé et abrupt, diaphane et enchanté. Stratocumulus, nuages, déformés par la vitre du bus, continuaient à passer, répandant inquiétude, nostalgie, désir d'ailleurs.

Gilbert fut soulagé lorsque enfin ils descendirent. Le bus repartit et ils restèrent encore un moment au bord de la route, perdus, les balancements du bus toujours dans les os, pris d'un léger vertige, ne se sentant pas encore tout à fait de ce monde. Puis Yosa se mit en mouvement, il avait un projet et un but, et Gilbert n'eut plus qu'à le suivre.

Ils sortirent de la petite localité où le bus avait fait halte et ils suivirent la route. Ils devaient se trouver au pied du Fuji, mais ce pied était manifestement grand, et l'on ne voyait rien du mont lui-même. Peut-être s'en étaient-ils tellement approchés qu'ils se trouvaient à flanc de montagne et qu'une vue panoramique était désormais impossible. Ou bien le mont dissimulait-il dans les nuages son cratère couvert de neige ? Gilbert n'en avait aucune idée. Autour d'eux ce n'était que forêt ; gris sur gris, au-dessus, le ciel ; un néant d'attente et de monotonie.

Yosa obliqua sur une route plus petite, Gilbert lui emboîta le pas. Un moment il s'amusa à imaginer qu'ils étaient une mini caravane. S'engageant au pas de l'oie dans le néant. En tête, le chef muni de l'itinéraire, ensuite le chameau qui portait les charges. La serviette de cuir tirait sur le bras de Gilbert, il la coinça sous son aisselle, puis sous l'autre. Avantage d'un sac à dos en nylon. Les scrupules esthétiques, à partir d'une certaine quantité de tracas, passaient à l'arrière-plan. Mais on n'en était pas encore là. Gilbert s'accrochait pour suivre Yosa et tentait de se persuader d'y mettre de l'entrain. Une route secondaire qui débouchait sur un parking en forêt. Assez grand, pour se trouver ainsi au milieu de nulle part, et étonnamment fréquenté. Mais c'étaient des voitures abandonnées, qui n'avaient pas bougé depuis longtemps et se détérioraient lentement, sous des couches de feuilles accrochées aux essuie-glaces, les enjoliveurs des roues déjà couverts de mousse; à l'intérieur, sur les sièges, des bouteilles d'eau écrasées comme si on venait de les finir, et des cartes routières dépliées.

Leurs propriétaires les avaient laissées là et n'étaient pas revenus, expliqua Yosa avec une voix de guide touristique, et même sur un ton dogmatique, comme s'il était personnellement à l'origine de ces faits et qu'il s'agissait d'actions héroïques qui échappaient aux gens ordinaires comme Gilbert. Elles leur échappaient forcément, parce qu'ils ne saisissaient pas la signification d'un geste tel que le fait d'abandonner sa voiture dans une décharge sauvage et d'y expédier ensuite son propre corps, de traiter le monde comme un simple vide-ordures pour les déchets qu'on produisait tout au long de sa vie, intellectuellement et physiquement.

C'est avec agacement que Gilbert pénétra sous les arbres, avec agacement qu'il nota qu'ils obéissaient à l'autorité de papier qu'était ce manuel de suicide et qu'elle leur faisait suivre un long sentier ennuyeux pour finalement se perdre.

La forêt ouvrait ses grandes ailes noires, se fermait sur eux en gémissant, se rétractait pour devenir de plus en plus dense. À qui voulait-on échapper quand on pénétrait dans cette forêt ? Un puissant organisme de feuilles les enveloppait de son humidité, les enveloppait de son bruissement imposant, de souffles et de chuchotements, de l'exhalaison d'une pourriture de mauvais augure.

Ils ignorèrent plusieurs panneaux d'interdiction. Yosa se planta à côté du premier et en traduisit l'inscription, afin que ce à quoi ils contreviendraient désormais n'échappât surtout pas à Gilbert : interdiction absolue de s'écarter des chemins balisés sinon il serait impossible de ressortir de la forêt. Au cas où l'on serait sûr de ses intentions, il était rappelé une dernière fois tout ce que les parents avaient fait pour vous. On n'avait pas le droit de décevoir ses parents. Et puis le reste de la société avait un droit sur la force de travail des jeunes, et à ceux qui, dans leur désespoir, étaient arrivés jusque-là, jusqu'à ce panneau, une hotline était proposée.

En travers du petit sentier qui s'écartait du chemin principal au niveau du panneau était tendu un mince fil qui, manifestement, symbolisait une barrière. Yosa leva le symbole en question, se baissa pour passer outre, et Gilbert l'imita, soudain animé d'une véritable rogne contre leur soumission à des fils mal tendus. On n'allait pas maintenant prétendre le tenir en laisse avec un fil. Quelle ânerie ! Il respectait assez de prescriptions comme ça, même si c'était à contre-cœur, et pour une promenade en forêt, il n'avait que faire d'un contrôle et d'une mise sous tutelle. Il dépassa Yosa et s'engagea à grands pas furibonds sur le sentier qui s'enfonçait dans un bois impéné-trable et interdit.

Au fond, il s'agissait là d'une forêt normale. Elle était néanmoins dense et embroussaillée, le sol inégal et encombré de racines noueuses. Gilbert balançait sa serviette en cadence. Sûr qu'on pou-vait s'y perdre et bientôt ne plus savoir s'orien-ter, parce que tout avait le même aspect, troncs d'arbres pleins de mousse, grosses branches et feuillages, une forêt comme n'importe laquelle, peut-être un rien plus humide, un rien plus sombre, un rien plus inquiétante que celles dont Gilbert avait l'habitude. Mais dans un pays civilisé et fortement peuplé, pour s'engager à pied dans un bois et n'être plus capable d'en ressortir, il fallait tout de même être particulièrement peu doué.

Gilbert, poussé par une étrange colère, ne ralentit le pas qu'au moment où le sentier se rétrécissait et finissait, entre deux troncs abattus, par se perdre complètement. Il s'assit sur le bois pourri et se fit donner par Yosa, qui reprenait son souffle, le manuel.

Le manuel comportait une carte indiquant des refuges, des sites remarquables, des points de vue. D'après ce plan, ils se trouvaient dans un secteur moins fréquenté, et le refuge le plus proche était assez loin. Manifestement, ils avaient atteint leur but. Gilbert n'eut pas envie de se faire traduire par Yosa le texte en japonais et s'en remit donc aux illustrations. Il passa à la page précédente.

Erreurs lors de la pendaison. Corde trop mince qui ne résiste pas au poids et se rompt. Hauteur de chute insuffisante. Point d'attache pas solide pour la corde. Nœud mal fait. De ridicules petits bonshommes, la corde au cou, étaient assis stupé-faits à côté d'une rampe d'escalier ou d'un tuyau de chauffage, ou par terre à côté d'une grosse branche qui avait cédé. Un manuel pour parfaits imbéciles, un manuel pour des gens qui de leur vie n'avaient vraiment pas réussi la moindre chose.

De plus en plus impatient, il voulut connaître la suite. Yosa s'excusa. Il trouvait le sac de sport trop lourd. Ne pouvait pas aller si vite. N'était pas dans la grande forme de Gilbert. Devait veiller à l'itinéraire. Suivre les indications. Trouver le bon endroit.

Au-delà des troncs pourris, l'autorité invisible avait à nouveau dressé des barrières symboliques. Dans toutes les directions on voyait ondoyer des ficelles et des rubans de plastique multicolores, comme si la forêt légalement accessible s'arrêtait irrévocablement là.

Yosa regarda de tous côtés, puis passa à l'action. Dans son sac de sport il pêcha un rouleau de ruban de balisage jaune et en fixa l'extrémité au tronc pourri. Il pinça, replia, fit des boucles et des nœuds, Gilbert l'observa avec scepticisme. Est-ce que le Japonais savait au moins faire un nœud normal, ou se contentait-il d'entortiller le ruban ? Pas question de s'en mêler, il fallait laisser les jeunes gens faire leurs propres expériences. Puis Yosa prit les devants, et c'est alors seulement que d'un geste Gilbert testa le ruban, il tenait.

Ils s'engagèrent dans le sous-bois peu praticable, trébuchèrent sur des racines, s'affalèrent dans des trous pleins de feuilles. Yosa soulevait des ficelles qui leur barraient sans cesse la route, comme si quelqu'un avait rageusement zébré en zigzags tout le terrain de rubans signalant le danger. Yosa, lui, déroulait pas à pas le ruban de plastique jaune qu'il avait apporté, et mettait un soin particulier à lui faire contourner les obstacles.

Il s'agissait, expliqua-t-il à Gilbert, de retrouver son chemin pour revenir. Faute de pouvoir se guider, on se perdait immanquablement et l'on errait pendant des jours dans la forêt pour finir par s'y effondrer, épuisé. C'est pourquoi les personnes irrésolues marquaient leur chemin de cette façon. Celles qui avaient pris leur décision indiquaient ainsi l'endroit où l'on pourrait retrouver leurs restes mortels. Celles qui étaient tout à fait décidées renonçaient au ruban. Ce ruban jaune était pour lui, Gilbert; en le suivant, il pourrait se dépêtrer de cette forêt. Le manuel recommandait de le prendre jaune, parce que c'était la couleur qui restait visible le plus longtemps à la tombée du jour.

Yosa demanda à Gilbert de porter le sac de sport, afin d'être plus à l'aise pour dérouler le ruban. Gilbert prit le sac d'une main, sa serviette en cuir de l'autre, trouva agréable l'égale répartition des charges, estima sensée l'idée du ruban de plastique, comparé aux miettes de pain ou aux petits cailloux auxquels avait recours la littérature allemande. Il fut tout disposé à porter au crédit des Japonais d'avoir adopté le fil d'Ariane, antique subtilité, même si cela impliquait, vu l'irresponsable indifférence de cette jeunesse perdue, de polluer la forêt avec d'innombrables déchets de plastique – une forêt qu'il trouvait à présent extraordinairement belle et vénérable, très silencieuse, légèrement brumeuse et de ce vert exceptionnellement flatteur, fruit d'une lave millénaire.

Gilbert se plongea dans les différents tons de vert, tout en achoppant sur des branches et des fougères avec ses deux charges dans les mains. Vert supermarché. Le vert tendre d'une laitue, le vert lisse de pommes lustrées, le vert cru des épinards, le vert délicat du fenouil. Le sportif vert dentifrice, le vert pépère de l'herbe de Pâques[1]. Il voulut, les feuillages se balançant devant ses yeux, s'exercer à faire de fines distinctions, prendre plaisir aux nuances, définir les tons un à un de mémoire selon les petits godets de sa boîte d'aquarelle à l'école, vert-de-gris, vert céladon, vert olive, vert sapin, tandis que sur les arbres le vent mélangeait et séparait, rendant les couleurs fugaces et indéterminables.

Yosa lui fit remarquer une paire de chaussures remplies de feuilles et qui attendaient, soigneusement disposées, sur un coussin de mousse. Au-dessus, dans l'arbre, pendait une corde coupée.

Une fois par an, des journaliers ratissaient la forêt et collectaient les cadavres, expliqua Yosa, et à son air Gilbert n'aurait pas su dire s'il venait de lire cette information dans le manuel ou s'il le savait déjà. Et pourquoi ces journaliers ne pouvaient-ils pas enlever également les autres déchets ?

Gilbert regardait en l'air et, même quand il trébuchait, ne cessait de contempler les arbres. Il se trouvait enveloppé par la couleur du non-spectaculaire, du normal, du conforme à l'ordre. Au Japon, le monde végétal lui procurait une

1. « Ostergras » désigne un genre de « paille de papier » qui sert aux décorations de Pâques : plus souvent traduit par « herbe de Pâques ».

impression particulière de soulagement. On était toujours entouré du vert sans problème des azalées, du vert de mousse positif, d'un simple vert de bambous – et du vert mystérieux et sombre des pins. Ils se dressaient, compacts et lumineusement hérissés de leurs aiguilles, et lui plongeait dans leur ombre, dans leur vert cigale, leur vert marin, leur noir de vent. Ces parasols massifs cachant le ciel se disposaient différemment devant ses yeux à mesure qu'il avançait sur le sol inégal, silhouettes pleines d'aiguilles sombres, silhouettes dans lesquelles une chose grandiose passait sur le ciel blanc, à jamais inconnue dans ses détails, insaisissable dans son unicité. Une non-image. Il marchait sur le sol malaisé, marchait sous les pins toujours verts, sous leur foisonnement ténébreux, marchait dans la brillance de leurs milliers d'aiguilles, et plus il tentait de regarder de près, plus l'arbre se retirait, disparaissait dans cette tentative de trouver pour lui un langage. Gilbert se sentait prêt à se consacrer exclusivement aux fragments de pins, aux pins dans leur totalité, à la possibilité ou l'impossibilité de leur existence. Il se réjouissait à l'idée d'aller voir les Îles aux Pins.

Il attira l'attention de Yosa sur les pins, mais celui-ci secoua la tête. Le pin rouge du Japon, *akamatsu*, le plus répandu dans cette forêt, passait pour être de sexe féminin, expliqua Yosa, tandis que le pin noir du Japon, *omatsu*, qui poussait surtout près des côtes et donc aussi sur les îles, était considéré de sexe masculin. Et c'était un thème de prédilection de la littérature classique, deux pins très âgés, masculin et féminin, poussant en des lieux fort éloignés l'un de l'autre, liés par l'esprit. Une manière simple de montrer les différents niveaux de la réalité des rêves.

Une forêt pleine de pins rouges féminins, donc. Une forêt faite pour des gens ayant un problème avec leur mère. La forêt obscure, dévorante, idéale pour le suicidaire qui veut en secret retrouver la fusion avec l'objet de sa petite enfance, tout-puissant, destructeur, et qui l'a rejeté. Sur le plan matériel, celui du corps, il se dérobe, mais c'est pour mieux, au niveau psychique, contraindre l'objet maternel à faire preuve de compréhension, pour ainsi lui extorquer l'affection et l'attention dont il a été privé tout au long de sa vie. Le suicidaire s'abandonne, se sacrifie, mais c'est un sacrifice sournois, qui vise uniquement à attendrir l'indifférence de l'objet, un faux sacrifice par conséquent, qui à travers l'absence radicale recherche une présence définitive. Néanmoins, Yosa faisait erreur s'il croyait atteindre son but en procédant ainsi. Peut-être que ses proches écraseraient une larme, allumeraient un bâtonnet d'encens, informeraient la parenté, mais pour un aussi maigre effet le prix était trop élevé. Car pour finir il ne s'agissait justement pas d'un suicide librement choisi, calmement réfléchi, ce n'était pas une décision autonome, c'était une piètre tentative de manipulation. Un comportement pubertaire, par lequel on se ridiculisait jusque dans sa mort. Il n'y avait qu'à voir ces restes répugnants, à moitié décomposés, dont la forêt était pitoyablement parsemée. Si l'objectif était que la mort conférât rétrospectivement une certaine dignité à une vie gâchée, alors cette opération sous les pins rouges était inexorablement vouée à l'échec. Gilbert trouvait que son propre projet pour se détourner du monde était préférable. Pins noirs sur une falaise, solitude, autarcie et embruns salés. Il gardait son opinion pour lui, mais il ne tolérerait pas que le jeune Japonais déchoie de la sorte.

Ils trouvèrent sur la mousse un squelette entièrement habillé, ils trouvèrent contre un tronc d'arbre des bouquets de fleurs desséchées, dont les dépositaires avaient manifestement suivi l'un des rubans destinés à bloquer l'accès, ils trouvèrent des pages détachées du manuel, gondolées par l'humidité et donnant le plan des lieux, ils trouvèrent un sac à main de dame, contenant une tablette de bois où étaient inscrites de solennelles paroles d'adieu, ils trouvèrent encore d'autres cordes pendillant d'une branche, au-dessus d'un nœud coulant coupé à terre. Gilbert supposa qu'il était lui-même en train de promener, dans le sac de sport, une corde semblable, éventuellement deux.
Ils avaient progressé avec une lenteur étonnante. Lorsque le ruban fut complètement déroulé, c'était

déjà le crépuscule. Au Japon, il arrivait très vite, on se levait tôt, on déjeunait avant midi, on dînait dans l'après-midi, et quand le soir tombait à sept heures on pouvait dire que la journée était finie. Gilbert décida qu'il ferait exactement de même.

Il s'assit dans les feuilles mortes et félicita Yosa d'avoir parfaitement planifié et mené leur excursion. En hésitant, Yosa s'assit à ses côtés et lui demanda de lui rendre son sac. Gilbert lui tendit le sac, au toucher il ne pouvait pas deviner ce qu'il contenait. Yosa le fouilla et en tira deux bouteilles de thé vert. Une pour Gilbert, une pour lui-même. Gilbert redoubla d'éloges; Yosa, flatté, ne cessait de secouer la tête. Le thé, froid et sirupeux, n'était pas sucré au point d'avoir perdu son goût de thé. Un liquide douceâtre où dominaient les caractéristiques du thé, légèrement amer, légèrement herbeux, d'un vert doux propre au thé, que l'on ne distinguait plus lorsque Gilbert eut vidé la moitié de la bouteille. Les couleurs disparaissaient déjà, la forêt virait du vert à des tons de gris, puis il fit tout à fait nuit.

Yosa pria Gilbert de bien vouloir prendre le chemin du retour. L'excursion se terminait là, les provisions étaient épuisées, et s'il partait maintenant, en suivant toujours le ruban, il pourrait attraper le bus pour Kōfu. Yosa s'agenouilla devant lui et inclina plusieurs fois le front vers le sol.

Non, dit Gilbert. Il se leva, pour donner un peu plus de force à sa voix, et il fut content que Yosa restât à terre, parce que cela ne faisait que renforcer sa position.

Il dit qu'il n'arrivait pas à comprendre que Yosa manquât à ce point de jugeote. Qu'il ait si peu de tenue, guère d'honneur et pas le moindre goût. Cet endroit était impossible, il était infesté d'ordures, il empêchait d'avoir le moindre contact avec la nature, mais surtout il était trop plein, c'était une forêt trop fréquentée, entièrement envahie par des suicidaires, une fosse commune, même un Yosa ne pouvait que se sentir au-dessus de ça. Le manuel ne valait rien, il n'indiquait que des lieux communs que tout le monde connaissait, il mettait les gens sur de fausses pistes, parce qu'il tenait secrets les vrais endroits.

Dans l'obscurité, il ne pouvait plus percevoir la réaction de Yosa. Il continua encore quelques minutes sur le même ton, jusqu'à ce que le sol de la forêt se mette à gémir.

Nous repartons, ordonna Gilbert. Nous repartons et nous prendrons le bus de Kōfu. Et il exprima l'espoir que, là-bas, Yosa serait capable de leur trouver un gîte.

Yosa lui tendit en silence le sac de sport et chercha l'extrémité libre du ruban. Il pria Gilbert de rester au plus près, sur ses talons, et tâtonna pour suivre le ruban en l'enroulant à nouveau, prudemment. Au bout de quelques mètres, Gilbert était déjà largué. La forêt faisait écran aux lueurs de la nuit, il faisait si sombre que, sur le sol inégal, il avançait à peine, surtout avec les bagages. Yosa tira la corde de son sac de sport et les encorda l'un à l'autre. Gilbert chercha à tâtons le nœud sur son ventre. Yosa était-il seulement capable de faire un nœud coulant ? S'était-il contenté d'un simple nœud en huit ? Gilbert, le sac à son bras, palpa la structure et conclut que Yosa lui avait fabriqué un nœud de obi, comme pour nouer une ceinture de judo, et que lui s'était passé la boucle autour de la taille. Aussi, pourquoi le jeune homme n'avait-il pas emporté de lampe de poche, ni de bougie, ni d'allumettes, rien. Pourquoi ? Parce que nous connaissons maintenant ses capacités, son imprévoyance, l'inefficacité de ses actions. Pendant un moment, ils progressèrent laborieusement, centimètre par centimètre. Yosa enroulait péniblement le ruban qui avait été jaune, par petites portions successives, pour qu'il ne se déchire pas. Gilbert se faisait traîner par les hanches, pesant sur la corde de tout son corps, pour que Yosa sente au moins indirectement le poids des bagages. Puis ils arrivèrent à un point où plusieurs rubans se croisaient.

Leur ruban s'était si fâcheusement emmêlé et embrouillé avec les autres, Yosa l'avait fait passer si maladroitement par cette croisée des chemins qu'il n'était plus possible de savoir lequel d'entre eux les avait amenés là. Y avait-il des différences de largeur, d'épaisseur, de matière ? Est-ce que le jaune pouvait se reconnaître au toucher, en s'appliquant ? Gilbert, jusqu'ici, n'avait pas pris la forêt au sérieux. Il n'avait pas pris au sérieux le ruban, ni même la corde. À présent, c'était dans cet endroit de la forêt particulièrement encombré de déchets de plastique qu'ils allaient, comme par hasard, devoir attendre que le jour se lève.

Nuit dans la forêt. On n'était qu'en début de soirée, la nuit allait être longue. Ça craquait, ça bruissait, sans cesse quelque chose bougeait, c'était la forêt qui bougeait nerveusement tout autour d'eux. Gilbert se tenait aux feuilles, à la mousse, il nettoya le sol, ôta de petits morceaux de bois, cala sa tête sur le sac de sport et prit la serviette de cuir sur son ventre. Il patienterait ainsi jusqu'au matin. Il ne put guère voir comment Yosa s'installait. Vraisemblablement, il s'était agenouillé sans bruit et maintenant il ruminait son immense échec. La corde entre eux était lâche mais les liait encore l'un à l'autre. Si jamais Gilbert s'endormait, le garçon ne pourrait pas juste disparaître.

À vrai dire, Yosa n'avait pas l'air d'y songer. La forêt bruissait et haletait, et Yosa se rapprocha de Gilbert. Il tremblait en attendant les esprits.

Soudain il explosa : chaque suicidé devenait immédiatement un esprit vengeur qui cherchait à entraîner les vivants avec lui dans la mort. C'était mauvais de passer la nuit dans une forêt où grouillaient les esprits vengeurs. Il entendait déjà leurs murmures chuintants, partout il percevait leurs voix, qui faisaient comme un froissement de feuilles mortes et l'interpellaient sans cesse.

Gilbert abonda dans son sens. Voilà ce qui se passait une fois qu'on était mort, dit-il méchamment. Obscurité totale et flots de paroles.

Puis il se reprit et trouva un autre sujet. Il voulait changer les idées de Yosa, mais il voulait aussi parler de ce qui l'intéressait lui-même. La tradition de la barbe au Japon. Ce que Yosa en savait.

Le Japonais ne pipait mot. Manifestement, il tentait même de ne pas respirer. Était-il possible qu'il ne sache absolument rien sur la question ? Pour l'encourager, Gilbert lui fit un exposé sur le rasage impeccable des samouraïs. Dans l'Empire romain aussi, poursuivit-il, avoir les joues glabres était considéré comme le signe d'une haute civilisation, tandis qu'au-delà des frontières de l'État les hordes mal dégrossies, judicieusement qualifiées par les Romains de barbares, exhibaient des barbes fournies et de longues crinières ondoyantes. Le paradoxe était que les barbares, pour leur part, voyaient dans leurs pilosités indomptées un symbole de puissance, de sorte que finalement il n'y avait pas moyen d'avoir un jugement tranché sur le phénomène.

Aujourd'hui encore, le pape romain se montrait en toutes circonstances rasé de près, alors que le patriarche orthodoxe russe arborait en signe de dignité la grande barbe divine, ce qui du coup pouvait laisser penser que l'Église catholique et romaine, en combinant les éléments romain et catholique, était une contradiction dans les termes : le représentant de Dieu sur terre n'osait visiblement pas adopter le look divin, et s'appliquait au contraire à reproduire le costume d'Adam, du moins pour ce qui était du visage. Le cas se prêtait à de subtiles controverses théologiques, et permettait d'appliquer avec cohérence la théorie des deux corps du roi établie par Kantorowicz, d'après laquelle le souverain de droit divin a deux corps, le corps physique de sa personne privée et le corps divin de sa charge de roi. Les emblèmes de cette charge, férule, anneau du pêcheur, etc., témoignaient d'un pouvoir totalement immatériel, à la représentation duquel le corps physique du pape n'avait pas la moindre part, de sorte qu'une barbe, quelle qu'elle fût, ne pouvait, à juste titre, qu'être comprise comme une présomption sacrilège et intolérable confondant le divin avec le terrestre. Sur la position de l'Église orthodoxe en la matière, Gilbert voulait encore faire des recherches plus précises, mais en tout cas, expliqua-t-il à Yosa, c'était du plus vif intérêt pour son projet.

Au Japon prédominait, en revanche, l'opposition entre le sale et le propre. Le samouraï, en tant que serviteur de l'État et, par là même, représentant d'une haute culture se devait d'être de la plus extrême propreté, tandis que le sage errant, qui s'était détourné du monde, c'est-à-dire de la capitale et de ses plaisirs factices, avait non seulement le droit mais carrément l'obligation de cultiver une barbe de philosophe, telle que l'exigeait une vie liée à la nature, une vie avec les moyens les plus simples dans la solitude des montagnes, une vie de pérégrination avec le strict nécessaire comme équipement.

Avec cette nuit dans la forêt, proclama solennellement Gilbert, leur pèlerinage débutait à peu près dans le style voulu – et compte tenu des circonstances, lui-même, à présent, allait naturellement se laisser pousser la barbe. Yosa, avec sa barbiche anticivilisation, avait effectivement déjà fait un pas dans ce sens, et donc lui, Gilbert, allait le suivre sans restriction.

Gilbert arrangea le sac de sport, s'en fit un oreiller plus confortable et, impressionné par sa propre solennité, ferma les yeux un moment. Puis il entendit à nouveau les craquements de la forêt, entendit son bruissement de plus en plus fort qui se rapprochait. Il entendit le Japonais sangloter à fendre l'âme.

Yosa Tamagotchi, fils d'un marchand de thés, s'était collé une fausse barbiche. Réservé et gentil de nature, depuis l'enfance il s'était fait moquer et traiter de fille. Il buvait essentiellement du thé, guère de boissons à la mode, à peine d'alcool. Il investissait dans les produits de beauté, dans les sels de bain et les parfums, dans les vêtements de qualité. C'est là qu'il donnait libre cours à son sens esthétique, il aimait bien faire des emplettes. Pour ce type de jeune homme il y avait depuis quelque temps, au Japon, une étiquette méchante : on appelait les hommes comme lui des « bouffeurs de plantes ». Pour les hommes comme lui, il existait des assortiments de barbiches artificielles, un peu clairsemées pour faire plus vrai, des barbiches de forme un tantinet louche, faites pour vous donner un je-ne-sais-quoi, une touche de laisser-aller, voire d'effronterie, toutes qualités que son éducation ne lui avait pas prodiguées et qu'il ne se voyait pas capable de développer par lui-même. Son seul ami faisait ses études dans une autre université, ils s'étaient perdus de vue. Il n'avait encore jamais eu de copine. Son père était au désespoir parce qu'il ne voulait pas reprendre le commerce de thés. Sa mère, pour la même raison, lui avait retiré son soutien et son affection. Il s'intéressait à la souplesse de l'épiderme et avait l'intention, après ses études de pétrochimie, de créer des crèmes cosmétiques à base d'algues. Ses parents trouvaient cela intolérable. La barbe postiche ne tenait que quelques jours. Pendant la marche en forêt, elle s'était d'ailleurs, à son insu, décollée de son menton et perdue. Dans le sac de sport il y en avait d'autres. Yosa dit à Gilbert de veiller à ne pas trop appuyer sur le sac.

À un moment ou un autre, les sanglots finirent par décroître. La forêt continua de frémir par instants, puis la respiration de Yosa se fit plus calme et Gilbert se rendit compte que le garçon s'était endormi. Seul dans l'obscurité, il ne lui resta plus qu'à attendre les esprits. Il s'imagina qu'il avait peu à peu moins de mal à discerner les choses, que ses yeux s'habituaient au gris de chat qui uniformisait tout et qu'en regardant en l'air il distinguait les feuillages anthracite qui se détachaient sur le gris nocturne du ciel.

La dernière fois, voilà bien longtemps, qu'il était allé en forêt, c'était avec Mathilda. Personnellement, il ne se voyait pas marcher en forêt. Il avait fallu que Mathilda l'incite à partir en randonnée avec elle, et il ne pouvait pas dire qu'il y eût pris plaisir. C'était l'époque où il avait été professeur invité aux États-Unis, ce qui professionnellement ne lui avait rien apporté. Il aurait mieux fait, à ce moment-là, de rester tranquillement où il était et de se chercher un poste en Allemagne, mais, persuadé que cela ne pouvait que servir sa carrière, il était parti passer deux semestres dans une obscure université de province, et son activité s'y était limitée à des cours d'allemand peu fréquentés où, de temps à autre, il proposait à ses étudiants des textes théoriques sur la culture. Il passait le plus clair de son temps assis à son bureau dans le chalet qu'il louait, contemplant par les grandes fenêtres d'impeccables pelouses et des arbres majestueux. Il attendait l'automne.

En octobre, Mathilda vint passer quinze jours avec lui.

Les feuillages commencèrent bientôt à changer de couleur, et il y a peu de régions du monde où ce spectacle soit aussi magnifique, dit-on, que dans le nord de l'Amérique, dans la région des Grands Lacs. De toute façon, il n'y a que peu de régions du monde où l'on puisse l'observer, car les grandes forêts sont en majorité faites d'arbres à feuillage persistant, de conifères, ou encore ce sont des sylves tropicales, denses et humides. L'Europe, comme le Canada, comme la Nouvelle-Angleterre, dispose de vastes forêts de feuillus, mais sur ce continent on n'attache pas grande importance à leurs changements de couleur, c'est un phénomène naturel qui va de soi et qu'on prend généralement comme on prend le temps qu'il fait. Il arrive parfois que quelqu'un mette en vers cette saison et la splendeur des feuillages. *La forêt de hêtres est déjà roussie par l'automne, comme un malade qui penche vers la mort...*, ou bien : *Les feuilles tombent, tombent comme si au loin se fanaient dans le ciel de lointains jardins*; mais ce sont là des cas isolés de caprice poétique.

En Amérique du Nord, en revanche, les couleurs que prennent les feuillages suscitent une euphorie hystérique qui arrache les gens à leurs maisons et les pousse vers les forêts. Le responsable n'est autre que l'érable à sucre, particulièrement répandu sous ces latitudes, dont est tiré le sirop d'érable marron sombre et dont le feuillage, dans certaines conditions météorologiques, devient d'un rouge écarlate, d'un rouge garance, d'un rouge pourpre et pontifical. Le miracle ne dure que quelques jours, ensuite la feuille brunit, fane et tombe. Mais auparavant elle parcourt tout le spectre qui va du vert sombre, en passant par le vert clair, le jaune et l'orange, jusqu'au rouge feu et au rouge sombre, et ce grand spectacle de couleurs, partant du Nord, enflamme le pays tout entier. Durant les mois d'automne, les spécialistes de ce rougeoiement établissent les relevés de son évolution en différents *spots*, ils en annoncent le début, les degrés successifs de couleur, le summum du rouge intégral et sa retombée, de sorte que les amateurs de nature ont la possibilité de se rendre à l'endroit du rouge le plus rouge à un moment donné.

Mathilda était venue pour être auprès de lui, mais aussi pour voir rougir les feuilles.

Depuis son bureau, dans tout le grand jardin qui entourait sa maison, dans tout le vaste terrain arboré qui à l'échelle allemande aurait eu droit au nom de parc, on ne voyait pour le moment nulle trace d'un changement de couleur. Dans le *Foliage Report*, le bulletin spécialisé qui, depuis la fête du Travail, le premier lundi de septembre, était actualisé tous les trois jours, la carte des États du Nord-Est restait d'un vert impeccable. Mathilda brûlait de voir les forêts d'érables rouges et elle était bien décidée à faire pour cela tout le chemin qu'il faudrait; dans la mesure où les obligations professionnelles de Gilbert le permettaient, ils firent donc dans ce vaste continent un très long chemin.

Le changement de couleur des feuillages, c'est du présent tout pur, c'est un phénomène en partie imprévisible, qui se prête mal à des projets, et encore moins longtemps à l'avance. Qui désire en être témoin doit s'affranchir de tout, laisser tout derrière soi, et y foncer.

Ils partirent avec une voiture de location pour le Maine et le Vermont, ils prirent la Kancamagus Highway à travers les White Mountains du New Hampshire, ils allèrent au Canada. Gilbert trouvait que ces expéditions dans des forêts lointaines étaient absurdes. Après des heures sur des autoroutes ou des routes toutes semblables, à voir de part et d'autre défiler des arbres moyennement colorés, encore verts en bas et commençant à rougir à la cime, sans rien de spectaculaire ni de différent de ce qu'on voit sur une autoroute allemande dans le Spessart, après toutes ces heures monotones, ils descendaient de voiture, à un endroit recommandé, et pénétraient à pied dans la forêt, tout ça pour voir les arbres moins bien qu'ils ne les voyaient auparavant.

Ils se disputèrent plus d'une fois au cours de ces trajets. Les températures restaient supérieures à la moyenne, les feuilles ne se coloraient pas. Ce n'est qu'une fois Mathilda repartie que la période de fraîcheur automnale débuta : les feuillages s'enflammèrent, sa maison fut entourée de leurs grandes torches, et cette splendeur pourpre l'oppressa, parce qu'elle venait trop tard. C'était trop tard, c'était irrattrapable, et il était seul.

Chère Mathilda,

Un *itinerarium* est un guide de voyage qui indique les routes et les chemins les plus utilisables, donne des renseignements sur les gîtes, les coûts et les moyens de transport, et recense les expériences des personnes qui ont déjà effectué tel ou tel trajet.

Le journal de voyage de Bashō est intitulé *Oku no hosomichi*; *oku* est habituellement traduit par « arrière-pays, région à l'écart, Nord lointain, etc. », mais, outre la signification géographique de province ou d'intérieur du pays, *oku* peut aussi être lu comme l'intérieur de l'être humain, entendu moins comme le corps avec ses viscères que, plutôt, comme le paysage intérieur de la conscience humaine. Ainsi, le voyage de Bashō peut se lire aussi comme une expédition mentale, comme une aventure de l'esprit.

Le voyage à travers un espace spirituel a été entrepris, en Occident, de façon exemplaire par saint Bonaventure. Dans son *Itinerarium mentis in Deum*, il décrit le cheminement graduel de l'âme vers Dieu, étant à remarquer qu'il s'agit moins d'un récit de voyage que d'une délicate initiation à la contemplation. De même que dans le bouddhisme zen est exercée une pratique de la méditation soumise à des règles dans un souci didactique, qui n'a pas seulement pour but de favoriser la sérénité et la bonne conduite, mais d'amener effectivement l'adepte à l'illumination, de même la méthode de Bonaventure culmine dans l'union mystique; et c'est probablement parce qu'une Église de structure pyramidale a mis totalement sous tutelle spirituelle et découragé les laïcs chrétiens que plus personne, dans notre environnement culturel, n'emprunte une telle voie garantissant la vision béatifique de Dieu.

Chez nous le voyage vers l'intérieur est prohibé, ce qui, selon moi, ne tient pas seulement à ce que cet intérieur est conçu comme domaine du divin, mais aussi à ce qu'il est difficile à localiser. Quand Bashō contemple un pin, qu'y a-t-il là d'intérieur? On est en droit de poser la question, et je me demande moi aussi comment les écrits de Bashō, qui traitent si explicitement de la nature, des curiosités remarquables et des vicissitudes rencontrées tout au long d'un voyage concret, qui traitent donc tout simplement du monde extérieur, peuvent bien être lus comme littérature de l'intériorité. Si le monde extérieur est superposable à l'espace de la conscience, la distinction entre intérieur et extérieur est oiseuse. Mais c'est précisément de cela, me semble-t-il, que part Bashō, et c'est précisément cela qui le rend si célèbre. Bonaventure trouve Dieu dans les choses et par elles, Bashō au contraire trouve les choses dans et par Dieu.

Et nous, qui ne connaissons même pas l'espace intérieur, nous ne pouvons pas savoir si entre ces deux approches il y a finalement une différence ou pas.

Il fut réveillé par un heurt qui lui secoua le corps. Il faisait déjà jour. Le Japonais avait voulu s'éloigner discrètement pour satisfaire un besoin et, voyant que la corde n'était pas assez longue, il avait tenté de se dégager en catimini de la boucle, mais il avait fait une chute, causant exactement ce qu'il voulait éviter, à savoir attirer l'attention de Gilbert. Celui-ci se redressa sur sa mousse, fourra la corde dans le sac de sport et entreprit de démêler les rubans barrant le chemin, heureux de constater que le leur avait retrouvé sa couleur jaune et se distinguait avantageusement d'un bleu, d'un vert et d'un jaune et noir.

Sans s'attarder davantage, ils suivirent leur ruban le long du sentier, rejoignirent bientôt le chemin forestier officiel, puis le parking, puis l'arrêt de bus. Un bus ne tarda pas à arriver. Ils se mirent sur le bord de la route de façon à être bien visibles. Le bus ne ralentit pas et passa sans s'arrêter.

Yosa gémit. C'est le même chauffeur de bus qu'hier, affirma-t-il. Il nous a reconnus. Il nous prend pour des esprits. Personne ne revient de cette forêt.

Ils passèrent trois heures à cet arrêt. Le bus suivant s'arrêta et les emmena à la gare, où ils prirent le train pour Tōkyō.

Senju

Gilbert rêva qu'il était assis dans le train, encore une fois assis, encore et toujours. Ils passèrent le long du Fuji, pendant des heures, sans que le mont se rapproche, sans que le paysage change. Ils roulaient vite, on entendait le bruit d'un train à pleine vitesse, mais en même temps on se trouvait en permanence au même endroit, là, cerné par le gris impénétrable qui se pressait contre les vitres.

Théoriquement, ils étaient déjà passés la veille devant le Fuji, le mont vénérable, l'emblème du Japon. La ligne Tōkaidō-Tōkyō, quand on vient du sud et que les conditions sont bonnes, offre une vue sur le Fuji. La compagnie fait même sa pub avec un wagon de Shinkansen sous un soleil couchant rouge devant le volcan en sommeil, et elle offre des voitures panoramiques où l'on est assis sur des fauteuils tournants devant une baie vitrée. À l'aller, Gilbert n'avait pas songé à regarder le Fuji, pensant que c'était de toute façon le mont vers lequel ils se dirigeaient.

Mais en ressortant de la forêt d'Aokigahara, le mont n'avait pas été visible, parce que les arbres cachaient la vue. À présent une petite pluie fine s'était mise à tomber, le paysage était sous les nuages et la brume, et Gilbert vit apparaître quelques versants montant vers le brouillard qui en cachait les sommets : est-ce que l'un d'eux était le Fuji ? Si oui, il ne se distinguait pas des autres piémonts boisés, il se révélait uniquement à qui le connaissait déjà, à qui était capable de le reconnaître à son angle de déclivité, à qui ne se fiait pas qu'à ses sommets enneigés en pain de sucre, à son cratère caractéristique, à l'éclat majestueux de sa complétude.

Yosa était blotti sur son siège et dormait en serrant fort dans ses bras son sac de sport. Ç'aurait été le moment pour lui de se rendre utile, de lui montrer le Fuji, de le lui présenter, de lui lire des passages de son livre, de se conduire en guide de voyage, mais ce garçon était vraiment un cas désespéré.

Lorsque passa le contrôleur, Gilbert voulut savoir sur quelle portion du trajet le Fuji surgirait. L'employé se montra aussitôt capable de fournir un renseignement extrêmement précis. Il inclina la tête en habitué de cette question et donna une heure, indiqua exactement la minute où le Fuji passerait sous leurs yeux. Puis il hésita et donna une marge d'une minute supplémentaire en s'en excusant abondamment, parce que ce train avait déjà trente secondes de retard, mais que peut-être il pourrait encore tout à fait les rattraper...

Gilbert, anxieux, s'efforça de suivre les aiguilles de sa montre, s'appuya contre la fenêtre dix minutes avant l'heure dite, fixant la pluie fine et les gouttes qui ruisselaient sur la vitre, et quoique certain de pouvoir se fier à cent pour cent aux horaires dans ce Japon où tout était régi par des règles, il n'excluait pas que sa montre-bracelet avançât ou retardât d'un rien, donc pour plus de sûreté il tenta de voir à travers la pluie, il fixa attentivement le brouillard pendant près de vingt minutes, mais dehors il n'y avait rien sur quoi poser son regard, et le Fuji était invisible.

Apprendre à mourir. Ce voyage, qui servait à s'éloigner de, à s'approcher de, n'était rien d'autre que la concentration sur l'espace qui en résultait. Un mouvement qui suivait l'extension de l'esprit, dans l'espace intermédiaire entre « ici » et « là », pendant que l'esprit lui-même, on l'espère bien, devient plus calme, pendant que les mouvements de la pensée se mettent en ordre, que le tourbillon des choses ralentit un peu et retrouve une configuration qu'on avait oubliée ; un espace où le vague et l'incertain, le sans cesse changeant se laissent observer. On suit les subtils décalages, l'illusoire plasticité, on espère bien y voir plus clair sur ce qui est l'invisible par excellence, son propre moi.

Gilbert considéra le visage détendu du Japonais endormi qui appuyait sa joue contre le sac de sport, et tout à coup il ressentit une immense déception. Le Fuji était invisible, chez le Japonais rien ne se voyait, pas une émotion ne transparaissait, et il n'y avait eu à peu près rien à voir non plus lors de l'excursion dans la forêt des suicidés, car les guenilles pourries des morts et quelques ossements épars ne méritaient pas le détour, même avec la meilleure volonté du monde. Il sentit la déception monter de sa poitrine et venir envelopper son crâne tout entier d'un brouillard tenace qui paralysait toute activité intellectuelle.

Lorsqu'il se réveilla, il se retrouva dans l'hôtel aux poufs blancs en forme de cubes. Ils étaient arrivés en début de soirée, ils s'étaient aussitôt allongés et avaient perdu conscience. Gilbert se sentait encore tout engourdi. Chaque mouvement lui coûtait et tous les membres lui faisaient mal comme s'il était couché sur un tas de branches noueuses. Yosa s'activait dans la salle de bains, les fentes de la porte laissaient passer de la vapeur blanche.

Chère Mathilda,
La forêt des suicidés d'Aokigahara a été un bide, et du coup nous sommes revenus à Tōkyō. Il est apparu que les idées du jeune Japonais sont irréalistes, et je ne voudrais pas perdre davantage de temps avec ses projets confus. C'est pourquoi

nous entamerons à présent sans plus tarder l'itinéraire de Bashō.

Bashō partit de ce qui à l'époque était Edo, aujourd'hui Tōkyō, en tournant son regard vers le Fuji voilé et vers les cerisiers en fleur d'Ueno. Au terme de la première étape, il passa la nuit en un lieu nommé Senju, le premier relais de poste sur la route du Nord. « Carrefour des illusions », c'est ainsi que Bashō, dans son journal, nomme son point de départ. De notre hôtel, par le métro, nous pouvons nous rendre très vite aussi bien à Ueno qu'à Senju, cela ne nous prendra pas plus de la matinée. Yosa a suggéré que, profitant de ce que je suis à Tōkyō, nous allions visiter cet après-midi les jardins du palais impérial, ce qui ne me dit rien, car je ne me suis pas imposé ce long voyage jusqu'au Japon pour passer mon temps au milieu de foules béates dans je ne sais quels hauts lieux du tourisme. Seulement Yosa est tout à coup obsédé par son idée et veut me persuader que les jardins impériaux sont la parfaite préparation à notre véritable but, les Îles aux Pins de Matsushima, du fait qu'ils recèlent une grande quantité de pins impériaux noirs. Pour ne pas le contrarier, et même pour le motiver, j'ai cédé ; mais enfin, après l'expérience de la forêt, je n'attends pas grand-chose des pins impériaux, et ne fais pas non plus la moindre confiance aux propositions de Yosa, qui jusqu'ici ont toutes démontré comment un esprit brouillon se laisse dominer par des sentiments confus et entraîner à des actes irrationnels et ineptes. D'un Japonais j'aurais attendu mieux. Donc je n'ai plus qu'à garder mon calme et, sans laisser voir le moins du monde que cela me contrarie, à accepter d'aller visiter cette pinède, conformément à la devise zen : agir comme si l'on n'agissait pas.

Lorsque d'un coup s'ouvrit grand la porte de la salle d'eau, il en sortit un nuage blanc. C'est seulement peu à peu que se dessina une forme mince en peignoir blanc, apparition floue en blanc sur blanc. Gilbert retint sa respiration. Le garçon paraissait transparent, fluet, à peine présent. Gilbert fut saisi d'une crainte, il n'osa pas lui adresser la parole, comme si une interpellation trop brusque risquait tout simplement de le faire se dissoudre. Manifestement encore épuisé, Yosa alla vers son sac de sport et farfouilla pour en tirer une nouvelle barbiche postiche.

Avant de se rafraîchir à son tour, il envoya Yosa faire une commission. Il lui dit d'acheter des chaussettes comme il y en avait dans tout supermarché à un prix dérisoire, celles qui se trouaient en un rien de temps, un article jetable aux yeux des Japonais. Cela ne ferait sûrement pas de mal d'avoir des chaussettes neuves sous la main, même s'il n'était pas vraiment sûr d'en avoir besoin. Mais il voulait être seul un moment. Il trouvait déplaisant d'user de la salle de bains tant que Yosa restait dans la chambre. À toutes les phases de sa toilette, il s'efforçait de se mouvoir avec d'infinies précautions et d'éviter le moindre bruit, depuis qu'il avait compris qu'en la matière les Japonais réagissaient avec une sensibilité extrême. Le système des toilettes ne comportait pas seulement un bidet intégré, avec jet d'eau chaude pour se rincer, et une lunette chauffante, il fonctionnait aussi comme chaîne hi-fi, avec tout un éventail de fonds sonores au choix, bruit de la mer, averses de pluie, cascades de différentes hauteurs, gazouillis d'un ruisseau, mais aussi pépiements d'oiseaux, vent dans des cimes d'arbres isolés, tempête sur la côte, et puis l'intégrale des concertos pour violon de Mozart. L'obsession de la propreté était telle, dans ce pays, que même les bruits ressentis comme sales devaient être évacués par des bruits d'eau. Pour tout ce qu'il avait à faire dans cette pièce, Yosa mettait le bruit de cascade à fond, si bien qu'effectivement Gilbert ne pouvait même plus savoir si le garçon prenait une douche ou se brossait les dents, mais depuis qu'il avait compris le but de ce dispositif, il se sentait lui-même mal à l'aise. Était-il indispensable de mettre ainsi l'accent sur les détails de sa toilette en les soulignant d'un fond sonore ? Ces bruits d'eau exagérés, n'accroissaient-ils pas énormément le sentiment de gêne ? Ne forçaient-ils pas carrément à tendre l'oreille vers ce qui pouvait bien se passer, alors que normalement on n'y prêtait pas la moindre attention ? Gilbert, pour sa part, se refusait, lors de gestes naturels, à déclencher l'adjonction d'un fond sonore, mais, ne pouvant faire abstraction des usages japonais tels qu'ils étaient, il avait honte de n'en rien faire. Donc il envoyait Yosa acheter des chaussettes, il écoutait si, sur le palier, les portes de l'ascenseur se refermaient, et alors seulement il dégrafait sa ceinture et allait à la salle de bains.

Gilbert, torse nu, était en train de se sécher les cheveux en les frottant dans une serviette lorsque Yosa revint avec les chaussettes. Il avait pris une douche très chaude. Les douches japonaises donnaient une eau presque bouillante. Dans l'esprit de l'exercice d'ascèse qu'allait être leur voyage, il avait réglé la température au maximum tolérable pour lui et, des pieds à la tête, il était rouge comme une écrevisse. Cela le fit penser aux petits singes au derrière rouge, ces macaques japonais qui illustrent de façon si charmante les brochures touristiques et qui, en plein hiver, se baignent dans les sources chaudes. Des petits singes à la face rouge, entourés de vapeur. Lui aussi dégageait de la vapeur, il était un corps à vapeur, un singe bouilli. Il se dépêcha d'enfiler un tee-shirt et prit les chaussettes neuves qu'on lui tendait. Profitant de l'inattention de Yosa, il y plongea son visage brûlant et les renifla, mélancoliquement, parce qu'elles étaient si neuves, si intactes, si fraîches. Il aurait bien aimé être en train d'observer des macaques japonais ; et au fond, dans ce voyage, il avait envie de voir des animaux rares, comme le chien viverrin, qui ressemble au raton laveur américain ou au blaireau européen, comme les renards blancs des légendes, capables de se métamorphoser en nobles dames et jeunes hommes élégants, et même les ours bruns des étendues sauvages et impénétrables de Hokkaidō, un rêve d'enfant, un espoir obstiné qu'il croyait avoir perdu depuis longtemps. Il voulait surtout voir les macaques dans les creux d'eau enneigés, il vaudrait donc mieux être en hiver et non à la fin de l'été, il voulait voir comment ces animaux se déplaçaient dans ce paysage de neige, quelles traces ils laissaient, quelle curiosité les poussait. Des petits singes rouges comme des écrevisses avec un pelage brun hirsute, qui existaient avec autant d'évidence que de mystère. Des animaux dont les mouvements le confirmaient dans sa propre présence au monde.

Il mit ses chaussures et empoigna sa serviette de cuir, chercha la clé de la chambre. Nous commençons, dit Gilbert solennellement, par les cerisiers en fleur d'Ueno.

La floraison d'Ueno ne peut pas se voir en cette saison, objecta Yosa comme ils quittaient l'hôtel. Gilbert en fut agacé. Ce Japonais ne comprenait tout simplement pas de quoi il retournait. Il prenait les choses à la légère quand il s'agissait d'échafauder des plans qui demandaient de la précision, et il était trop méticuleux quand il fallait voir grand : autre raison de son échec.

Nous allons à Ueno, expliqua patiemment Gilbert, et nous nous représenterons la floraison des cerisiers telle que l'a vue Bashō. Il ne s'agit pas des fleurs en elles-mêmes, mais de l'énergie du lieu. Il s'est déjà écoulé cinq cents ans depuis le voyage de Bashō, il importe donc peu que nous soyons au printemps ou en automne. Le temps a passé, le lieu est encore là.

La mine que faisait Yosa ne permettait pas de savoir s'il avait compris l'argument. Mais son corps trembla, se débarrassa de la fatigue, et Yosa adopta l'attitude responsable et attentive d'un guide touristique.

Dans le parc d'Ueno, il pilota Gilbert vers l'allée centrale, qui était effectivement plantée d'un grand nombre de cerisiers, et la lumière faisait tellement miroiter leurs feuilles que, l'espace d'un instant, Gilbert fut prêt à croire à une mer de fleurs blanches. Ou à de la neige. Les deux lui auraient mieux convenu que cette sobre couleur verte et, même si le lieu importait plus que le temps, ces cerisiers ne lui inspirèrent rien du tout. Bashō lui-même, repartant d'Ueno en fleurs, n'avait su que citer un vers de Saigyō :

Quand les reverrai-je ?

Gilbert à son tour se souvint vaguement d'un autre poème, où il était dit que fendre le cerisier pour en trouver les fleurs n'était pas la bonne façon de procéder. Il fit demi-tour et, sans attendre Yosa, retourna à grands pas vers la gare en se promettant, pour la suite du voyage, de laisser de côté le thème des cerisiers en fleur et de se concentrer, pour des raisons d'efficacité, de logistique et de calendrier, sur les pins, qui vivaient vieux et toujours verts.

Gare de Kita-Senju. Endroit pour suicidaires. Grands immeubles anonymes. Vastes artères, circulation qui n'en finissait pas. Pas trace d'un ancien relais de poste. Ils attendirent longtemps à un feu rouge. Puis il passa au vert. Ils ne purent pas se décider à traverser. Au troisième feu vert, Yosa résigné se mit en marche et ils longèrent par l'arrière une série d'immeubles d'où saillaient d'affreux appareils de climatisation. Ils marchaient à côté de ces boîtes, qui revenaient sur leur parcours avec une régularité métronomique, comme s'il s'agissait toujours du même exemplaire et qu'eux-mêmes, piégés dans une boucle temporelle, passaient devant encore et encore. Ensuite, de petits restaurants abandonnés, présentant dans leurs vitrines des versions en plastique de leurs plats, couvertes de poussière. Un petit supermarché, un magasin avec des trophées sportifs. Tel un somnambule, Yosa finit par trouver ce qu'il cherchait, un bâtiment flambant neuf à peine plus grand qu'un kiosque. Ils franchirent la porte vitrée, et aussitôt le local fut comble. Ce bureau de poste contenait deux clients, un guichet et une chaise pour attendre. Impensable que le vieux relais de poste ait été là. Mais enfin il existait une poste. Ils achetèrent un timbre au détail, avec un motif floral, ainsi qu'une carte postale, et Gilbert écrivit à Mathilda juste une phrase : *Bien des choses de Tōkyō.*

Ils continuèrent dans la rue principale, Yosa inflexible, tel un automate, sans un mot. L'artère toute droite montait pour franchir par un pont la rivière Sumida. Yosa le conduisit jusque sur la berge.

Surface d'eau noire, dans l'ombre de l'arche du pont, comme le dallage en granit d'une banque.

C'est ici que Bashō et son compagnon ont abordé, dit sans plus Yosa. Ils ont fait leur première étape en bateau. C'est là qu'ils ont amarré.

Cet endroit, Gilbert le vit d'emblée, n'était pas fait pour ce que projetait Yosa. Eau calme qui, quoi qu'on y lançât, retrouvait aussitôt son immobilité et recouvrait tout événement de sa lisse indifférence. Ils s'appuyèrent à la rambarde et considérèrent cette eau. La charpente métallique du pont s'y reflétait, s'y reflétaient aussi des peintures blanches et bleu turquoise, des couleurs pastel étrangement enfantines comme on en trouve souvent dans les quartiers difficiles, dans les cliniques et dans les foyers, pour compenser par des couleurs anodines les catastrophes qu'on ne saurait nommer. Dans la surface lisse étaient plantés des piliers vert menthe, des bouées rouges se haussaient comme des têtes perdues, des tirants métalliques hypercriards s'entrecroisaient pour former une combinaison de jouet en plastique et de dessert glacé. En haut, les câbles porteurs du pont s'incurvaient comme les rails d'un grand huit.

Gilbert se retourna, s'apprêtant à partir. C'est seulement là qu'il vit Bashō. Bashō grandeur nature, Bashō dessiné sur le mur du quai, au pinceau, dans le style de l'époque d'Edo, Bashō avec son compagnon de voyage, sur le point d'escalader la berge, de rejoindre son gîte pour la nuit, de conclure la première journée de périple.

Gilbert s'était imaginé Bashō un peu plus imposant. Il trouva cette image prosaïque. Une silhouette fluette et voûtée, alourdie par un ample chapeau de pèlerin, le cou tiré vers le bas par les courroies de la besace, s'appuyant sur le bâton de pèlerin qui évoquait une béquille. Bashō suivi d'un compagnon encore plus tassé sur lui-même, rampant presque sur le sol. Celui-là présentait sa nuque au spectateur. On ne voyait pas son visage.

Yosa hocha juste un peu la tête, laissa Gilbert passer devant, ils gravirent l'un derrière l'autre les marches montant de la berge à la rue. Et maintenant, demandait Yosa. Il ne posait pas la question à voix haute. Jamais il n'aurait osé laisser échapper de sa bouche une question pareille, exprimant une certaine irrésolution, voire une insatisfaction, mettant donc ouvertement en doute le pouvoir de décision de Gilbert; mais son port bien droit s'était un peu relâché, son corps s'était légèrement tassé, il esquissait des regards de tous côtés comme s'il ne savait dans quelle direction continuer, bref, il trahissait de l'impatience.

Et maintenant, proclama Gilbert, chacun de nous va composer un petit poème.

Ahuri, Yosa opina de la tête. Il nous faut une table, arriva-t-il à dire. Pour écrire.

Ils entrèrent dans un petit local près de la poste et y mangèrent une soupe aux nouilles. Yosa avait l'air embarrassé. Il pêcha dans son bol les morceaux de légumes et de viande, engloutit les nouilles, but le bouillon, tout cela d'une façon étrangement retenue, comme s'il ne faisait pas ce qu'il faisait. Enfin ils eurent fini de manger. Yosa baissa la tête et adressa une phrase au plateau de la table. Gilbert n'en perçut qu'un marmonnement indistinct. Il ne supportait pas ça, quand ses étudiants bougonnaient comme pour eux-mêmes, voulant dire quelque chose sans le dire, comme pour se soustraire par cette manœuvre aux exigences du vrai et du faux. Il fit l'effort de ne pas réprimander Yosa, le même effort qu'il s'imposait aussi dans l'enceinte de l'université; d'un ton aimable et patient, il l'invita à répéter sa phrase, distinctement et à voix haute. Yosa se fit tout petit, se réduisit à une quantité négligeable et microscopique, élevant la voix d'un demi-ton à peine perceptible. Il dit, d'une façon tout juste audible, que les étapes de Bashō dans les environs de Tōkyō ne valaient plus rien. Qu'elles ne méritaient pas une visite, les temps modernes étant passés sur elles en détruisant leur charme.

Gilbert fut médusé. Qu'est-ce qui lui prenait, à ce Japonais. Une critique ? C'est qu'il n'avait tout simplement aucune imagination.

Gilbert tint un discours sur le Tōkyō moderne, sur l'ancien Edo, expliqua comment la ville avait changé au cours des siècles, comment les immeubles avaient poussé, comment la région entière s'était noyée dans un étincelant océan de lumières, comment avait pris forme une beauté d'un genre nouveau, que Bashō n'avait pas connue, mais sur laquelle il aurait certainement eu quelque chose à dire. Gilbert piquait nerveusement ses baguettes dans son bol vide, il parla de la métamorphose de Tōkyō comme s'il y avait assisté, et Yosa se fit tout petit, mais Gilbert ne put discerner quelle partie de son discours il avait comprise. Il se rappela que l'anglais du garçon était rudimentaire. Et que pour dire par exemple que les étapes de Bashō ne valaient rien, il se préparait des heures à l'avance, fabriquait mentalement une phrase en anglais, l'apprenait par cœur et la récitait à un moment ou un autre, pas toujours opportun, et non sans buter sur les mots. C'est ce qui rendait leur conversation si laborieuse, si peu fluide.

Une fois leurs bols débarrassés, Gilbert sortit son cahier de notes.

Bonjour de Tōkyō –

écrivit-il pour commencer, puis il réfléchit un instant, arracha impatiemment une feuille de son cahier et la tendit à Yosa. Le Japonais reçut le papier avec déférence, ôta le capuchon de son pinceau jetable et s'assit dans la position du scribe. Manifestement, il en avait l'habitude depuis toujours.

Bonjour de Tōkyō –
plus de cerisiers en fleur,
rien que du béton.

Gilbert lut son poème plusieurs fois et trouva qu'il avait touché juste. Et les règles du haïku, qu'il avait su trouver en annexe dans le livre de Bashō, étaient parfaitement respectées dans ces vers : cinq, puis sept et à nouveau cinq syllabes, une indication de la saison, une impression des sens, de portée générale et apparemment impersonnelle, où un lecteur sensible éprouvait néanmoins des émotions profondes.

Yosa écrivit :

Vieux bureau de poste –
adieu aux missives blanches,
fleuries en été.

Le poème de Yosa, Gilbert dut en convenir à part lui, trahissait un élève de la tradition. Il avait réussi à faire allusion au vers de Saigyō cité par Bashō ici même, et ce procédé littéraire attestait culture lettrée et élégance intellectuelle. À vrai dire, le jeune homme demeurait prisonnier de son thème unique, la lettre d'adieu ; dans cette mesure, son texte ne révélait sa signification complète qu'à l'initié et n'était au fond que le fruit d'une coïncidence. Mais enfin, Yosa avait consenti à coucher quelque chose sur le papier. Le compagnon de Bashō aussi, Sora, avait été un poète et, pendant leur voyage vers le Nord, il avait contribué au journal de Bashō par tel ou tel haïku.

Gilbert, tout émoustillé, commanda les desserts. Des boules de glace au thé vert matcha. Yosa fit l'éloge de la glace, l'éloge du thé utilisé pour la préparation, prétendit reconnaître au goût un thé de la région d'Uji. Puis il fit l'éloge d'autre chose et s'enthousiasma au point qu'un coin de sa barbiche se décolla et que, sans renoncer à ses mimiques, Yosa la recolla simplement en appuyant dessus.

Sur le chemin du parc d'Ueno, Yosa avait vu, sur une affiche, un célèbre acteur de kabuki. Il se produisait le jour même à Tōkyō, non loin de leur hôtel, dans quelques heures, très bientôt. Une représentation, aux dires de Yosa, authentique, traditionnelle, telle que Bashō aussi l'aurait appréciée.

Gilbert trouva lourdingue cette référence aux goûts de Bashō, mais manifestement Yosa n'avait pas le vocabulaire lui permettant d'exprimer autrement l'extraordinaire talent de cet acteur. Gilbert était fatigué, il aurait préféré retourner à l'hôtel pour s'allonger un peu. Néanmoins, laisser le jeune Japonais aller seul au théâtre lui parut trop risqué.

Ils se trouvèrent à midi faisant la queue devant la caisse du théâtre kabuki de Ginza et progressant lentement le long des présentoirs publicitaires. Les affiches montraient une jeune femme aux cheveux relevés ornés de fleurettes et au visage fardé de blanc comme un masque. Yosa l'admirait, ravi. Il dodelinait de la tête comme un canard en fer-blanc qu'on remonte ; il semblait même tortiller de son petit derrière sous son trench-coat, se comportant de façon choquante, et Gilbert, entouré de stoïques Japonais habitués à se tenir en toutes circonstances, avait honte pour lui. Comment un suicidé potentiel pouvait-il, face à cette dame de l'affiche avec ses fleurettes et sa tenue légèrement kitsch, s'abandonner à une véritable ivresse joyeuse ? C'était inconcevable. Gilbert prit les billets, paya sans broncher un prix exorbitant, comme s'il possédait un fonds illimité de yens japonais, et, dans la mesure où il restait du temps avant le début de la représentation, Yosa l'invita au café du théâtre et commanda du thé.

Gilbert, qui avait résolu de ne pas aimer le thé, le but à petites gorgées méfiantes. Il ne put lui trouver d'arrière-goût désagréable. En réalité, il n'avait aucun goût.

Yosa admira sa tasse, dont le fond était orné d'un masque de théâtre stylisé. Un visage blanc, crispé par une terreur sacrée, les yeux réduits à des fentes et avec de larges stries rouges sur les pommettes et les tempes. Le héros positif, expliqua Yosa, était fardé d'un rouge de bon aloi et gage de chance, tandis que le méchant avait le visage parcouru de larges veines bleues témoignant de son impitoyable froideur. Gilbert examina de plus près sa propre tasse, elle aussi ornée d'un masque de kabuki, mais la couleur du thé se fondait tellement avec celle du masque qu'il ne put distinguer s'il s'agissait d'un héros ou d'un antihéros. Il finit son thé, le fard du masque resta d'un brun clair indéfinissable. Le rôle du démon, dit Yosa. Et il entreprit alors d'expliquer à Gilbert qu'ils n'étaient pas venus là à cause des rôles masculins, mais que le célèbre acteur qui jouait ce soir était spécialisé dans les rôles de jeunes femmes. C'est lui qu'ils avaient vu sur les affiches devant l'entrée, c'était le meilleur *onnagata* du pays, joyau vivant du patrimoine national, qui dès l'âge de quatre ans était monté sur scène pour jouer une fille, qui avait consacré sa vie entière à interpréter de jeunes dames et qui, à maintenant plus de soixante ans, surpassait en grâce n'importe quel être féminin.

Ils allèrent prendre leurs places, des fauteuils de théâtre standards, tendus de velours rouge. Le rideau était encore baissé, la salle se remplissait, des ouvreuses parcouraient les allées en brandissant des écriteaux montrant un appareil photo barré d'une croix, un téléphone mobile barré d'une croix, une caméra barrée d'une croix. Puis retentit par haut-parleurs une voix d'homme qui, dit Yosa, expliquait le programme, déroulait l'intrigue et annonçait les temps forts de la séance. Un programme en anglais n'aurait pas fait de mal, se dit Gilbert. À partir des traductions fragmentaires de Yosa, il ne lui resta plus qu'à imaginer lui-même une action cohérente.

Une jeune fille est trompée par celui qu'elle aime. Elle meurt de chagrin et ressuscite sous la forme d'une grue, oiseau symbolisant la grâce. Elle meurt de colère et d'indignation et renaît sous forme de grue, donc dégradée. La jeune fille aurait dû garder son calme, entrer au couvent, compenser par des prières la faute de l'homme aimé. Une fille manque de patience envers l'homme aimé, sa punition est d'être changée en grue. L'homme qu'elle aime en épouse une autre, et la grue meurt de chagrin. Il peut d'ailleurs ne pas s'agir d'une grue, mais d'une tout autre créature, une corneille ou un héron, un volatile ou en tout cas un être capable de voler, un ange ou un fantôme.

Lorsque le rideau se leva, l'acteur était déjà debout au milieu de la scène. Il portait une longue robe de brocart, serrée sous la poitrine par une large ceinture de tissu, avec dans le dos un nœud énorme. Depuis la salle, son visage fardé de blanc ne lui donnait pas d'âge. Traits fins, lèvres rouges, une figure d'une élégance accomplie. Il tenait à la main un éventail et, lorsqu'il se mit à bouger, Yosa saisit le bras de Gilbert et s'y cramponna. Gilbert se raidit, ne regarda pas Yosa et s'efforça de comprendre ce qui se passait sur scène. Même en se donnant beaucoup de mal, il lui sembla qu'il ne se passait rien du tout. L'acteur bougeait à une vitesse d'escargot, tournait sur lui-même avec une infinie lenteur, à un moment il avançait un pied avec une précaution extrême, abaissait très légèrement son éventail; si cela voulait être une danse, c'était la danse la plus ennuyeuse que Gilbert eût jamais vue; d'ailleurs, plus généralement, la situation de spectateur face à la danse était d'un ennui mortel. Une fois, Mathilda l'avait forcé à l'accompagner à un spectacle de danse classique, et au bout de dix minutes il s'était juré qu'il n'irait jamais plus. Au besoin il ferait taire sa légendaire gentillesse et se montrerait dur. Il dirait non; il avait subi un supplice d'une heure et demie, à s'agiter sur son fauteuil et à sucer des bonbons, avec tout de même un résultat : plus jamais Mathilda ne lui avait fait pareille proposition. Néanmoins, s'il comparait le ballet européen au kabuki, le ballet était un divertissement primitif et populaire du genre à se taper sur les cuisses. Le danseur de kabuki faisait des mouvements millimétriques, il lui fallait plusieurs minutes pour déployer son éventail à moitié, c'était à peu près aussi distrayant que le déplacement d'une amibe, et Gilbert agrippa, de sa main toujours sous la menotte froide du Japonais, l'accoudoir de son fauteuil et enfonça ses ongles dans le velours.

Soudain le rideau tomba. Gilbert n'avait pu discerner aucune action, aucune évolution, mais Yosa se détendit, retira sa main et fit comprendre qu'une première pièce de théâtre était finie. Il s'était écoulé tout au plus un quart d'heure, mais qui donnait l'impression d'un temps infini. Les Japonais assis autour d'eux déballaient leurs pique-niques et les consommaient sans quitter leurs fauteuils de velours rouge. Yosa lui proposa une boulette caoutchouteuse et sucrée de farine de riz, enveloppée d'une feuille de chêne salée. Gilbert avala cette friandise, se carra dans son siège, prêta l'oreille aux bavardages et au vacarme de la foule, et tout à coup il fut gagné lui aussi par l'anxieuse attente du public. « Carrefour des illusions », c'était ce qu'avait ressenti Bashō lorsque, à Senju, il avait dit adieu à sa vie antérieure et pris conscience qu'il allait maintenant parcourir trois mille lieues. L'exercice de pérégrination était en même temps le voyage de la vie, c'est-à-dire qu'on était arrêté à un carrefour et qu'on pouvait choisir si on y allait ou si l'on restait, si l'on continuait de rêver le rêve d'avant ou si on l'échangeait contre un autre. Et dans la perspective bouddhiste, mesurés à l'éternelle vérité, ils étaient aussi irréels l'un que l'autre.

Gilbert attendit dès lors que le rideau se lève à nouveau. Il était prêt à renoncer à toute résistance. Mais il mit sagement ses mains dans son giron, pour que Yosa ne puisse plus y toucher.

L'acteur portait à présent un long vêtement blanc avec une capuche qui lui cachait entièrement le visage. Il se dissimulait en outre derrière un parapluie qu'il fermait à moitié, puis rouvrait, puis posait en coulisse, puis reprenait. Il neigeait sur la scène, le pied de l'acteur, dans un bas blanc d'où dépassait un orteil, s'avançait parmi les flocons clairsemés. Le porte-parapluie vers lequel il revenait sans cesse était recouvert d'un carton représentant une congère. Au total le tableau faisait une impression extrêmement déprimante, et Gilbert se demanda si ce spectacle était vraiment ce qu'il fallait à Yosa. Lui-même guettait maintenant anxieusement le moment où l'acteur ôterait cette capuche et montrerait une fois encore ses traits féminins. Il comprit alors que l'impression de ralenti ne servait qu'à accroître une concentration quasi dévote. En effet, à un certain moment la capuche tomba en arrière. Gilbert crispa ses mains l'une dans l'autre, ensuite ce fut le long vêtement blanc qui tomba et révéla un brocart d'un rouge flamboyant ; le costume changea à plusieurs reprises sans qu'il y eût une interruption dans la danse, c'était plutôt deux silhouettes sombres qui surgissaient discrètement sur la scène, si sombres qu'elles n'étaient pas vraiment là, et qui ôtaient à l'acteur tournant lentement derrière le parapluie ses rubans et sa ceinture, lui arrachaient du corps la première couche de tissu, si bien qu'il sortait, éclatant, de derrière le parapluie dans un costume entièrement nouveau. Au grand étonnement de Gilbert, le changement s'opérait en quelques secondes, une réelle métamorphose qui devait exiger une dextérité peu commune de la part des auxiliaires et une agilité extraordinaire de la part du danseur. Son respect s'accrut pour ce spectacle, car une telle habileté se manifestait aussi dans les mouvements au ralenti, d'une grande douceur. Il ne savait pas trop s'il devait tomber amoureux de la dame sur la scène, dont il savait déjà apprécier la gestuelle délicate, ou de l'homme qui était derrière et possédait cette extraordinaire maîtrise de son corps, ou bien plutôt s'il n'éprouvait pas le désir d'être lui-même cet acteur si agile et en même temps cette beauté fascinante. Gilbert tenta, dans la salle obscure, de tenir discrètement sa propre main avec la même parfaite distinction que le danseur montrait sur scène et dont aucune femme au monde n'aurait été capable avec autant de séduction et autant de convaincante féminité.

Chère Mathilda, articula-t-il en silence, c'était une ambivalence telle que personne ne pouvait s'y maintenir. Personne, en tout cas, de réel et de vivant.

Lorsqu'ils sortirent du théâtre, l'après-midi était à peine entamé. Ils montèrent en poussant dans le métro bondé et en sortirent, après peu de stations, au parc du palais impérial : Kōkyo-Gaien, des massifs de pins sur une vaste pelouse. Juste à côté d'eux, des groupes d'élèves rigolards ne cessaient, avec de grosses pailles en plastique, d'aspirer des milk-shakes dans des gobelets jetables.

Piétiner en touriste dans Tōkyō, ce n'était pas ainsi que Gilbert avait imaginé son retrait du monde. Retrait, cela signifiait ne pas se régler sur les promesses du monde, et encore moins sur celles qui attiraient les gens en groupes nombreux. Deux femmes dans des tenues de randonnée rouges se prenaient en photo à l'aide d'une perche à selfie. Ces perches, Gilbert ne pouvait pas les supporter. Il avait interdit à ses étudiants de s'en servir, non seulement à l'université mais en général. Si l'on voulait apprendre quelque chose chez lui, déclarait-il toujours au début de ses cours, cela supposait d'être capable de se conduire avec un minimum de dignité. On devait exclure catégoriquement certains objets de son usage personnel. Il ne pouvait bien sûr pas vérifier qui appliquait ses instructions. Mais là, devant les pins, où les gens gesticulaient en brandissant leurs perches, spécialement là devant les pins, il voyait à nouveau tout le sens qu'avaient eu ses conseils.

Les pins exigeaient quelque chose des visiteurs. Ils se dressaient là, pacifiques et pleins de grâce, épanouissaient leurs touffes d'aiguilles en un vert patient, en couronnes rayonnant d'éclat : poussée centrifuge hypnotique avec laquelle un danseur desserre les poings, détend ses doigts. Les pins se tenaient là avec constance au milieu de l'agitation humaine, pôles de calme, vénérables, ayant fait leurs preuves depuis des centaines d'années. Il fallait se montrer à leur hauteur.

Des pins comme si l'on en voyait pour la première fois. Des pins dans la luisance de l'après-midi, une simple enclave, un noir vague dans le scintillement incessant. Des pins, leur ombre s'allongeant en travers du chemin. Gilbert posait le pied d'une ombre de tronc à une autre, avançait sur une passerelle de planches immatérielles, enjambait un abîme trop profond pour effrayer encore et comblé d'asphalte en apparence seulement, des ombres flottantes d'aiguilles de pin sur la belle place devant le palais impérial, d'insaisissables branches, écorces, pommes de pin, et l'empereur lui aussi invisible, seule étant visible son aura sous la forme de cette armée de pins.

Gilbert sentait le jeune Japonais à son côté, reconnaissant de la moindre parole qui lui était adressée, et qui pour le moment semblait à Gilbert encore plus insaisissable qu'une ombre de pin. Yosa lui fit remarquer que chacun de ces arbres était soigneusement taillé pour prendre une certaine forme.

Comme on le faisait s'agissant de bonsaïs, les pins impériaux pouvaient se classer en fonction de leur esthétique. *Chokkan* – un tronc rigoureusement droit qui s'effilait vers le haut et présentait un vert régulier. *Moyōgi* – son tronc vertical tordu en forme de S. *Shakkan* – le tronc parfaitement droit basculé à quanrante-cinq degrés, comme si l'arbre pouvait tomber d'un instant à l'autre. Gilbert trouva plaisant le *Sōkan* – tronc double s'étalant vers plusieurs côtés. Il estima que cet arbre avait le plus de générosité, tandis que les autres étaient fichés dans le sol, secs comme des baguettes, et de surcroît pas assez fournis en aiguilles, à son goût. Des touffes d'aiguilles en nombre précis à l'extrémité de branches hypercontrôlées, c'est là que se trouvait résumée la beauté contrainte pour laquelle ce pays était si célèbre. Par politesse, il s'efforçait de se concentrer sur chaque arbre l'un après l'autre et à chaque fois d'opiner dévotement de la tête, comme il voyait le faire les couples de Japonais d'un certain âge qui, coiffés de chapeaux de paille cabossés, déambulaient lentement sur le chemin, tout entiers plongés dans la contemplation des pins. De temps à autre quelqu'un montrait du doigt une branche précise, c'est l'impression qu'avait Gilbert, mais peut-être aussi qu'ils montraient tout autre chose, car lui était incapable de discerner la moindre particularité de chacune des branches. Yosa, toutefois, semblait suivre des yeux tout ce qui était ainsi montré, et Gilbert, marchant à côté de lui, sentait, à la tension du corps du garçon, qu'à chacun de ces coups d'œil il se raidissait et se redressait intérieurement, comme s'il copiait l'allure des pins et que leur vue lui donnait une énergie nouvelle.

Fukinagashi, la forme ébouriffée croissant dos au vent, *kengai*, la cascade, quand l'arbre se penchait d'un rocher en surplomb au-dessus du vide, de même que *bunjingi*, le style du lettré, caractérisé par le fait que le pin avait l'air un peu mal en point, poussait irrégulièrement, perdait une partie de son écorce et paraissait donc particulièrement vieux et naturel, autant de formes, lui dit Yosa, qu'ils trouveraient sans aucun doute à Matsushima.

En début de soirée ils revinrent à leur hôtel. Yosa chauffa une bouteille de saké au bain-marie dans la bouilloire électrique, et versa de l'eau bouillante sur des nouilles instantanées. Ils se sentaient trop épuisés pour aller prendre un vrai repas à l'extérieur, ou même pour se tenir droits à une table du restaurant de l'hôtel. Ils préparèrent leurs sacs pour le lendemain matin et se couchèrent tôt. Gilbert éteignit la lumière, mais ensuite il se releva, écarta les rideaux et, depuis son lit, regarda longuement les réclames lumineuses multicolores de Tōkyō la nuit.

Il était presque endormi lorsque Yosa se mit à parler.

Il était sorti une seule fois avec une fille. Il l'avait invitée dans un restaurant traditionnel. Ils étaient assis sur des nattes de tatami à côté d'un paravent laqué sombre qui séparait leur niche des autres et dont la laque faisait presque miroir. La fille était tellement jolie qu'il n'osait pas la regarder en face, il contemplait seulement son vague reflet sur le paravent. Lorsqu'elle se leva pour aller aux toilettes et que sa jupe flotta autour de ses genoux osseux, il vit dans le reflet que sa jupe flamboyait. Cela aurait dû lui mettre la puce à l'oreille, déjà à ce moment-là, sinon bien avant, il aurait dû comprendre qu'avec cette fille il avait affaire à un renard qui avait pris la forme d'une femme. Les renards ont l'art de se métamorphoser et de faire des tours de magie en tous genres. Ils sont capables, avec leur gueule ou l'extrémité de leur queue, de déclencher le feu, ils peuvent provoquer des illusions et des états de possession. La jupe flamboyante était un signal sans ambiguïté, mais Yosa suivait avec une si brûlante fascination le mouvement de ses jambes, était si troublé, qu'il avait pensé être victime d'une illusion d'optique.

Ils parlèrent peu, ce soir-là. Ils mangèrent beaucoup : du calamar et du thon, des racines de lotus en tranches et des algues noires dentelées, de la salade de méduse. Ils mangèrent de la soupe et des boulettes de viande, des prunes salées et de la peau de tofu fripée pour donner une sorte d'écorce. Des crevettes des grands fonds, des coquilles Saint-Jacques, des aumônières de tofu frites et sucrées, farcies de riz et de graines de sésame.

Yosa n'osait pas prendre la parole, il était assis tête baissée sur son repas, regardait avec embarras la table, les plats, la paroi brillante. La fille attendait que Yosa se lance sur un sujet, oriente la conversation et lui permette d'user de tout un éventail de sons encourageants pour stabiliser son flot de paroles, conformément à la répartition conventionnelle des rôles. Elle commenta les coquillages par des exclamations et des approbations, hocha la tête à chaque bouchée de poisson, mais comme il ne se lançait décidément pas, au bout d'un moment elle fit elle-même des pas en avant. Elle lui posa des questions sur ses mets préférés, ses goûts musicaux, ses hobbies, rien que des sujets on ne peut plus anodins, mais il était incapable de saisir la balle au bond, il avait la bouche sèche en dépit du thé qu'il buvait sans arrêt, il répondait par monosyllabes, il s'empiffrait de riz, commandait encore d'autres plats, regardait du coin de l'œil la fille tenir ses baguettes d'une main légère, et il restait muet. Elle finit par parler d'elle-même, peut-être pour meubler le silence et sauver la soirée, peut-être aussi parce qu'il savait écouter et qu'elle se sentit comprise. Là elle se trompait, car certes il écoutait, mais il n'arrivait guère à saisir le sens de ce qui était dit, et maintenant encore il ne se souvenait plus que d'un seul épisode fragmentaire.

Les parents de la fille venaient de faire bénir leur nouvelle voiture lorsque son frère, le lendemain, la mit en miettes. Certes il avait eu une chance inouïe d'être encore en vie, de s'en tirer sans blessure sérieuse, mais cela la fit s'interroger sur la foi de ses parents, douter de la valeur d'un rituel shintoïste qui avait coûté cher et qui était censé protéger véhicule et passagers. Peut-être ses parents avaient-ils commis une faute, parce que le frère n'avait pas assisté à la cérémonie, alors qu'elle s'était tenue debout à côté de ses parents sur le parking, s'était sans arrêt inclinée et avait supporté tout ça ; est-ce que les parents avaient dépensé trop peu d'argent, est-ce qu'elle-même ne s'était pas impliquée avec suffisamment de gravité, ou bien cette cérémonie était-elle impossible à prendre au sérieux, les récitations et les chants, les coups de gong, le bouquet de rubans de papier blanc promené sur le véhicule, la remise de la plaquette bénie ?

Elle s'en prenait à elle-même, s'en prenait au monde, bref il s'agissait des problèmes habituels avec la tradition religieuse tels qu'ils surgissent inévitablement à un certain âge, mais après coup Yosa s'était bien rendu compte que ce discours était uniquement fait pour endormir sa méfiance en feignant d'être aussi normale que n'importe quelle lycéenne. En effet lorsqu'ils se dirent au revoir en s'embrassant ce soir-là, ou plutôt lorsque par surprise elle lui donna bravement un baiser sur la bouche, la flamme jaillit à nouveau et lui brûla les lèvres. Le museau de renarde lui répandit cette brûlure dans tout le corps et il n'eut soudain aucun doute sur ce qui se passait là, car jamais il n'avait senti une brûlure pareille. Il la repoussa, tourna les talons et partit en courant, dans une direction qui n'était même pas celle pour rentrer chez lui, juste pour s'enfuir, et lorsqu'il se retourna encore une fois, il ne vit ni sa jupe brun clair ni ses bas blancs, il vit une énorme queue de renard disparaître au coin de la rue.

Ils allaient au même lycée, mais à partir de ce jour il fit semblant de ne pas la voir. Ses parents trouvèrent son comportement inadmissible, les parents de la fille furent mortellement outragés, et tout le lycée en fit des gorges chaudes. Il eût mieux valu que dès ce moment-là il se jetât du haut d'un pont. Mais il était tellement perturbé qu'il était incapable de prendre la moindre décision.

Lorsqu'il entama des études, il quitta la maison de ses parents et partit s'installer dans une autre ville, et même si cette affaire ne cessait d'être pour lui la pire des hontes, il fut heureux d'avoir pris ses distances. En même temps, il pensait à elle sans arrêt. Depuis lors, aucune autre femme ne l'avait intéressé. Il était possédé, il était la proie de la renarde.

Gilbert soupira. Que dire à ce garçon ? Ses étudiants se débattaient avec des problèmes affectifs tout à fait comparables, mais ils ne procédaient pas avec pareil acharnement, ils se montraient finalement plus désinvoltes envers autrui et restaient plus indulgents envers eux-mêmes. Et ils n'habillaient pas leurs complexes de discours aussi fleuris. Ils avaient les pieds sur terre, ils savaient à quoi s'en tenir, et même à un point presque pathologique, ce qui ne résolvait pas leurs difficultés, souvent cela les compliquait, mais au moins leur permettait d'adopter une position et un point de vue, cela les aidait à acquérir une insensibilité partielle les rendant capables de laisser passer les choses désagréables.

Pourquoi diable Yosa ne possédait-il pas un minimum de détachement bouddhiste, pourquoi n'avait-il ne fût-ce que des traces infimes de cette sérénité qu'on était censé attendre au pays du zen, et où était, d'un autre côté, ce plaisir quasi pornographique de l'expérimentation, qui permettait aux Japonais, prétendait-on, d'intégrer à une vie sexuelle dissolue même les plus grossières obscénités sans le moindre sentiment de culpabilité ?

Parle-moi davantage des renards, finit-il par dire en s'adressant à la maigre obscurité de la chambre,

125

sans cesse traversée par l'éclat de lumières impérieuses, mystérieuses et perçantes. Il voulait essayer la technique pastorale consistant à prendre les gens là où ils en sont, formule rhétorique qu'il avait toujours trouvée insupportable parce qu'elle aboutissait à ramener le niveau général au plus bas possible. Seulement ce garçon, susceptible et vite vexé, était apparemment capable de tout et il était important de ne pas l'humilier.

Les renards, expliqua Yosa sans se faire prier, acquièrent leurs capacités magiques en prenant de l'âge. Ils se présentent volontiers sous la forme de gens riches et séduisants – manifestement les qualités que les renards apprécient avant tout dans la condition humaine. Plus ils sont expérimentés et puissants, plus leur queue est fournie. Ils ont toujours faim et absorbent une quantité énorme de nourriture. La plupart du temps, ils se posent une feuille verte sur la tête pour entamer leur métamorphose.

Fort bien, dit Gilbert. Il était incroyablement fatigué. Nous en reparlerons demain. Que Yosa réfléchisse et se demande s'il avait jamais surpris la fille avec une feuille sur la tête, ou sinon à proximité de feuilles.

À en juger par la respiration de Yosa, il n'avait pas entendu cette instruction et il s'était enfin endormi. Gilbert tira les rideaux, laissant dehors le clignotement multicolore. L'obscurité était dense à présent, et il attendait de s'y affaler. Il songea à du feuillage, feuillage d'automne bigarré et feuillage vert, songea à Mathilda sous des branches touffues, il vit du feuillage tourbillonnant dans l'obscurité, des arbres qui tourbillonnaient, les immenses forêts de Pennsylvanie.

Érable rouge. Érable argenté. Érable à sucre. Érable de Pennsylvanie. Érable du Vermont. Érable de montagne. Érable sycomore. Cornouiller à fleurs. Mélèze laricin. Pin de Weymouth. Pin du Tafelberg. Pin rigide. Cèdre rouge de Virginie. Frêne de Pennsylvanie. Frêne rouge. Frêne blanc. Magnolia acuminata. Tupélo noir. Arbre de Judée. Sassafras. Peuplier baumier de Chine. Peuplier tremble. Peuplier noir d'Italie. Hêtre d'Amérique. Charme d'Italie. Charme d'Amérique. Merisier tardif à grappes. Cerisier noir. Guignier sauvage. Bouleau à papier. Bouleau à sucre. Bouleau jaune. Bouleau de rivière. Bouleau gris. Bouleau noir. Aubépine. Orme d'Amérique. Orme rouge. Tilleul d'Amérique. Mûrier rouge. Chêne noir. Chêne rouge. Chêne blanc. Chêne des marais. Chêne écarlate. Chêne à châtaignes. Tulipier. Saule noir. Hamamélis. Robinier. Févier d'Amérique. Noix amère. Noyer dur. Caryer glabre. Noyer à beurre. Noyer cendré. Noyer commun. Pommier sauvage. Plaqueminier. Pruche du Canada. Sapin baumier. Épicéa du Canada. Asiminier trilobé. Marronniers d'Inde. Châtaigniers. Une rangée d'aulnes.

Ils étaient debout en lisière du bois d'aulnes, une feuille toute seule s'était détachée et s'en allait en voletant entre les branches, pour finalement atterrir sur la bande médiane de la route.

Chape de crépuscule, haleine du soir. Des nuages bouleversés filent vers l'est, houleux comme la mer, gros rouleaux gris poussés par le vent, qui s'amoncellent comme la circulation ininterrompue, les autoroutes grondantes, le cœur de l'Amérique. Des nuages avec des seins et des créneaux, mammatus, castellanus, une gigantesque forteresse, construite d'essaims de méduses visqueuses, elle passe en glissant lentement, s'en va, les méduses aux dos troubles disparaissent en tourbillons, des bribes s'en détachent, stratus fractus, vivent leur vie sous la couverture oppressante, nimbostratus, il va bientôt pleuvoir.

Sendai

Le lendemain matin, il avait la tête encore pleine de feuillages ; un sac, bourré à ras bord de feuilles séchées. Il se sentait engourdi, engourdi et léger, comme convalescent d'une longue maladie, ou comme si la force écrasante qui le poussait sans cesse en avant s'était décidée à faire une pause.

Tōkyō – Ueno – Ōmiya – Utsunomiya – Kōriyama – Fukushima – Sendai –...
Déjà à Tōkyō, lorsqu'ils montèrent dans le train à grande vitesse « Écho de la Montagne » en direction de Sendai, tout changea : comme si Tōkyō était la ligne de partage des eaux à partir de laquelle le pays tout entier, jusque-là familier, basculait dans le non-familier. Si le train « Lumière », qu'ils avaient emprunté depuis la forêt des suicidés jusqu'à Tōkyō, avait été bondé et, de ce fait, assez inconfortable en dépit de son équipement flambant neuf, de ses couleurs vives et de la technique la plus moderne, le train vers Sendai transportait peu de voyageurs. Et sur le tronçon plus au nord,

par Ichinoseki et Kitakami jusqu'à Morioka, il resterait encore davantage de places inoccupées. Descendait à Morioka celui qui voulait atteindre Hokkaidō, la plus septentrionale des îles japonaises. Aomori, Noboribetsu, Sapporo, c'était l'itinéraire vers le Kamtchatka, vers les Kouriles et la frontière russe. Des rideaux jaunâtres se balançaient devant les fenêtres et retenaient plutôt mal que bien les rayons du soleil, alors que l'autre train avait bénéficié de stores vénitiens en plastique étanches. Ces rideaux vieillots marquaient le début du chemin vers le Nord légendaire et ses défis, c'était le chemin des aventuriers et des pèlerins, des nostalgiques, des tourmentés – encore maintenant ?

Ils étaient assis dans ce train, au-dehors défilait le paysage qu'ils n'arpentaient pas mais traversaient tout de même. Ils laissaient derrière eux une station après l'autre. Voyage immobile, agir comme si l'on n'agissait pas. Ou une dérive aboulique et passive, comme un feuillage emporté par le vent.

Ils étaient en route pour Matsushima, directement, sans faire de crochet ni d'étape de repos. En conséquence, ils sautaient quelques-unes des stations de Bashō. Muro no Yashima, où était enchâssée la divinité tutélaire du Fuji, « La-princesse-du-printemps-qui-met-leurs-fleurs-aux-arbres », et puis le sanctuaire de Nikkō, et aussi le vieux saule d'Ashino, déjà chanté voilà mille ans par le moine Saigyō.

À Nikkō, Bashō avait résumé, dans un haïku, le vert printanier des jeunes feuilles :
Un endroit sacré –
délicates feuilles gris clair,
traversées par le soleil.
Du feuillage jeune laissant passer les rayons de soleil – le sanctuaire tout entier lui semblait révélé dans cette image, à condition, toutefois, de savoir que le nom de ce lieu signifiait qu'il rayonnait à l'instar du soleil. Le haïku de Bashō recelait donc un symbole spirituel. De même que les rayons de soleil traversent les feuilles, l'énergie spirituelle du temple irradie le monde, irradie les humains. La poésie allemande elle aussi, à l'époque de Bashō, avait eu recours à des comparaisons de ce genre. « Cerisier en fleur dans la nuit » de Brockes : le clair de lune pénètre la blancheur de ces fleurs comme la lumière de Dieu investit le moi du poète. Une image typiquement japonaise, à se demander où Brockes était allé prendre ça. Qu'importe. Feuillage, jeune et sans défense au bout des branches, transpercé par la toute-puissance du soleil : puisque Gilbert se sentait comme une feuille au vent, Nikkō ne pouvait pas lui apporter grand-chose. Surtout il lui fallait définir des priorités, et c'est ce qu'il avait fait : depuis des jours, ils s'occupaient sans cesse

de pins, ils ne pouvaient pas, en plus, se consacrer aux innombrables essences à feuilles caduques se trouvant sur ce trajet.

Quant au saule, il s'était agi, tant pour Bashō que pour Saigyō, de s'attarder à son ombre tandis que tout autour la vie continuait. L'arbre leur fournissait une image de la sérénité de l'esprit face au flot éphémère des choses.

Saigyō écrivit sous le saule d'Ashino l'un des *waka* les plus célèbres :

Au bord du chemin,
où coule un ruisseau clair comme verre,
à l'ombre du saule
je voulus me reposer, je restai
tout un long moment.

Bashō se voyait comme quelqu'un qui poursuivait avec le grand poète Saigyō une conversation poétique. Que Saigyō fût mort depuis longtemps ne le gênait pas, c'était une communication entre esprits immortels. Tout au bonheur de pouvoir fouler l'ombre du même arbre, il écrivit ceci :

Tout un champ de riz
fut planté, avant
que je quitte le saule.

Ces exemples montraient bien l'inconséquence de toute poésie. Tantôt l'arbre symbolisait l'éphémère, qui n'est là qu'afin de se laisser traverser par la lumière de l'éternel, tantôt il représentait la permanence au milieu de l'incessant changement, il était l'un et l'autre, c'était une contradiction en lui-même. Cela mettait Gilbert en colère, il aurait bien aimé demander à Yosa ce qu'il en pensait, était-ce une contradiction, était-ce un paradoxe, était-ce peut-être pour les Japonais une évidence qui allait de soi, comme un kōan pas trop difficile que seul le non-Japonais ne comprenait pas.

En attendant, ils filaient à toute allure, ils passèrent en trombe devant le saule, ils avaient raté le feuillage délicat du printemps, jusque-là ils n'avaient pas été capables de trouver la sérénité face au flot éphémère des choses.

Chère Mathilda,

Nous coupons au plus court. Si nous nous laissons distraire par tout ce qui nous sollicite en chemin, jamais nous n'atteindrons les Îles aux Pins. En particulier, nous renonçons au détour par le volcan Mihara. Yosa le prend très mal et se braque. Cela fait des siècles que les suicidaires gravissent le volcan et se jettent dans le cratère. La chose a été déclenchée par un roman, un best-seller, qui raconte comment un couple d'amants malheureux a eu précisément cette idée, et depuis lors tout le monde suit cet exemple, c'est l'effet Werther. Le tourisme dans l'île, après la parution du livre, connut un boom extraordinaire, on créa spécialement des liaisons par bac grâce auxquelles les candidats au suicide parvenaient commodément à destination, mais les simples curieux en profitèrent également, si bien que l'on vit, les week-ends, des familles entières parcourir les nouveaux chemins de randonnée menant aux endroits les plus spectaculaires, et même si, depuis, une clôture empêche d'accéder au cratère, sa popularité en a peu souffert. Entre 1930 et 1937, il paraît que plus de deux mille personnes ont profité d'un point de vue panoramique pour sauter dans la lave en fusion. Cette fosse commune, j'entends l'épargner au jeune Japonais, je la lui ai carrément interdite.

Nous laisserons aussi de côté le Sesshōseki, un rocher d'origine volcanique par lequel Bashō est passé. Il en émane des vapeurs toxiques qui détruisent toute vie alentour. Il est constamment couvert d'une épaisse couche d'insectes morts. Intoxiqués, les oiseaux tombent du ciel, les mammifères évitent de s'en approcher, les plantes dépérissent, de sorte que le rocher, dans un désert désolé, affirme son pouvoir autocratique sur un champ de pierraille. Un lieu sinistre, toujours balayé d'un brouillard oppressant, un endroit perdu, personne n'a rien à y faire. Seuls des touristes arrivent par troupeaux entiers. Que Yosa se sente attiré par ces vapeurs mortelles, cela peut se comprendre. Moi-même, à son âge et étant désespéré, j'aurais été intéressé par un tel phénomène. J'aurais repoussé du pied tous ces cadavres d'abeilles, de papillons et de mouches, et j'aurais sûrement tenté d'inhaler ces vapeurs. Ce qui m'a néanmoins décidé à contourner ce rocher sans hésitation, c'est une annotation dans

le récit de Bashō. Ce rocher fut longtemps considéré comme un avatar de la renarde à neuf queues,
une puissante démone qui, à la fin de sa carrière,
après avoir ruiné l'empereur en étant sa maîtresse,
s'est métamorphosée en ce roc mortifère. Même si
entre-temps l'on considère celui-ci comme désen-
voûté et l'esprit de la renarde exorcisé, les éma-
nations de vapeurs ne se sont nullement réduites.
S'agissant de personnes comme Yosa, qui sont
manifestement dans une ambivalence conflictuelle
par rapport à la renarditude, que celle-ci existe ou
non, j'estime préférable de les tenir à distance de
cet endroit problématique.

Au lieu de cela, nous allons, et j'y tiens à toute
force, vu l'état psychique du Japonais, aborder cet
endroit en empruntant l'étroit sentier de la poésie,
et traverser le domaine correspondant sans beaucoup nous déplacer physiquement.

La pierre vénéneuse –
Sur ses vapeurs je dérive
en des temps anciens.

Cela lui parut bien dit, il griffonna une traduction anglaise à côté de son poème et la tendit à
Yosa pour l'inviter à réagir.

Tassé dans son siège, Yosa avait tout l'air d'avoir
lu dans ses pensées et de les désapprouver. En affi-
chant avec insistance un air de mécontentement,
il s'efforçait non seulement de lire les pensées de
Gilbert, mais de les manipuler. Sans rien dire, il le

poussait à descendre à l'arête du rocher malfaisant. Il baissait avec mépris les yeux face au splendide paysage, se refusait à reconnaître l'intérêt de cette banalité extérieure tant qu'il n'obtenait pas ce qu'il voulait, il appliquait les tactiques d'un gosse qui boude, pas étonnant qu'il ait fait le désespoir de ses parents.

Buté, Yosa suça longuement la tige de son pinceau, il ne lui venait pas d'idée, il n'avait pas envie, toute cette tâche imposée était stupide et indigne de lui. Il finit par écrire :

Dans la solitude
Je ne serai pas à toi...
renard pétrifié.

Ce poème de Yosa, Gilbert trouva qu'il était trop subjectif et présentait de surcroît une obscurité grammaticale, du moins pour autant qu'on pouvait s'en rendre compte d'après la traduction du japonais d'abord en anglais et de là en allemand. Cela tenait aux points de suspension après « toi », qui à une ponctuation expressive ne substituaient que du vague. Si l'on supposait là une virgule qui aurait été négligée ou voilée, on lisait « renard pétrifié » comme apposition à « toi », et celui qui parlait tenait résolument tête à son adversaire. Mais si au lieu d'une virgule on mettait là un tiret, moyen qu'on affectionnait en allemand pour marquer dans le cours d'un haïku une inflexion de la pensée, cette variante rendait possible que le sujet, frustré dans son inclination, se fût lui-même métamorphosé en renard pétrifié, ou au moins menaçât de le faire. Cette façon de ne pas trancher sembla, aux yeux de Gilbert, caractéristique de l'état d'esprit de Yosa, et cela montrait une fois de plus que pour créer des haïkus la clarté mentale et l'équilibre affectif étaient des conditions nécessaires. Malheureusement, Yosa manquait des deux.

Le suicide extérieur et le suicide intérieur, dit-il à Yosa, ne sauraient se comparer l'un à l'autre. Bashō aspirait au suicide intérieur, il voulait se détacher de son ego afin d'être libre pour la poésie. On peut considérer cela aussi comme un extrémisme sans nécessité, mais ce serait de loin l'expérience la plus intéressante des deux.

Yosa ne répondait pas. Yosa faisait mine de ne rien entendre et de ne rien voir.

Lourdement tassé dans le fauteuil, il n'était tout entier que résistance, qu'inébranlabilité, une promesse pesant des tonnes de ne jamais céder, quelle que fût la force qui voudrait l'influencer. La force pouvait bien être extraordinaire, elle pouvait être à la hauteur de l'autorité de Gilbert, être la force d'un professeur d'université, donc d'un sage et d'un pédagogue, et d'un homme, intellectuellement parlant, bien plus mûr, une force à laquelle un jeune Japonais n'avait rien à opposer, devant laquelle il ne lui restait plus qu'à s'incliner encore et encore, une force, donc, qu'on pouvait suspecter d'approcher celle de l'objet tout-puissant. Mais à vrai dire le Japonais ne s'inclinait devant elle qu'en apparence, il s'inclinait d'une manière tellement exagérée que, tout en étant cassé en deux, comprimé, replié sur lui-même, en même temps dans son for intérieur il était d'une fermeté colossale, il se targuait d'une immense importance secrète, capable de mettre en échec l'objet tout-puissant.

« Un être tout-puissant peut-il créer une pierre si lourde qu'il soit lui-même incapable de la soulever ? »

Le paradoxe philosophique de la toute-puissance pose la question de la toute-puissance de Dieu. Comment doit-on la comprendre, qu'implique-t-elle, quelle est sa portée ? Dans le débat sur cette question, le parti modéré introduisait la notion de toute-puissance relative, contradiction dans les termes impliquant logiquement que Dieu puisse certes créer la pierre super lourde, mais qu'il soit ensuite forcé de capituler devant elle en termes d'haltérophilie. De toute façon : s'il parvient à la soulever, c'est que la pierre est comme creuse et témoigne d'une incapacité du créateur, et s'il n'y parvient pas, c'est qu'il est nul en sport. Voilà, sans le moindre doute, un point de vue terre à terre propre à convaincre l'opinion. Mais dans le paradoxe de la toute-puissance, ce n'est pas le poids de la pierre qui est au cœur du problème, c'est le poids de Dieu. Or Gilbert, même si cela allait à l'encontre de tout ce qu'il avait pu affirmer dans ses publications sur la barbe de Dieu, était en secret un tenant de l'idée de toute-puissance absolue. Évidemment qu'un être tout-puissant pouvait créer n'importe quelle espèce de pierre, qu'il pouvait soulever des pierres, qu'il pouvait aussi bien les soulever que ne pas les soulever, et si l'on avançait l'argument qu'une pierre que l'être tout-puissant était incapable de soulever était la preuve physique contre cette toute-puissance, c'est qu'on n'avait tout simplement pas compris qu'il ne s'agissait pas de ça, pas de soulever ou non, car la toute-puissance suspendait sans aucun problème l'application des règles logiques, lesquelles constituaient ici le vrai problème. Il s'agissait bien plutôt, et ça Gilbert l'avait déjà compris étudiant, à l'âge de Yosa, de goûter le paradoxe de la toute-puissance comme un morceau de poésie, de se le réciter sans penser le moins du monde logiquement, de le laisser agir sur soi et de tout simplement l'accepter dans son irrationnelle et frappante beauté.

« Un être tout-puissant peut-il créer une pierre si lourde qu'il soit lui-même incapable de la soulever ? »

Telle une pierre mortellement vexée, Yosa était assis à sa place, silencieux.

Si ce Japonais, avec qui il avait déjà passé plusieurs jours, avait au moins été initié à la tradition japonaise du kōan, Gilbert aurait pu parler avec lui de toutes ces questions. Il aurait pris des énigmes en forme d'anecdotes puisées dans la tradition culturelle du garçon, qui lui seraient peut-être plus accessibles, qui peut-être l'amèneraient à entendre raison.

Par exemple le kōan « L'esprit de pierre » :

Un maître zen demande à deux moines itinérants : « Pensez-vous que cette pierre, là-bas, se trouve à l'intérieur ou à l'extérieur de votre esprit ? » L'un des moines répond : « Comme tout est esprit, je dirais que la pierre se trouve dans mon esprit. » Sur quoi le maître zen : « Comme ta tête doit être lourde, si tu transportes une telle pierre dans ton esprit. »

Ou « Pas de barbe » :

Un moine voit une image de Bodhidharma à la longue barbe, et il se plaint : « Pourquoi il ne porte pas de barbe, celui-là ? »

Tōkyō – Ueno – Ōmiya – Utsunomiya – Kōriyama – Fukushima – Sendai –...

Ils traversèrent, à la vitesse du train ultrarapide, la région de Fukushima. Ils la traversèrent à l'intérieur des terres, à distance de la côte, loin des secteurs évacués. On ne voyait aucun signe rappelant que, voilà quelques années seulement, s'était produite là l'une des catastrophes les plus dévastatrices de l'histoire du Japon. Le train longeait des champs cultivés, des murs antibruit, passait devant des secteurs résidentiels bien comme il faut et quelconques, devant des maisons qui semblaient collées une à une sur les coteaux boisés. On ne voyait pas de tours de refroidissement, pas de centrale nucléaire, pas de bateaux échoués à terre, pas de maisons boueuses et détruites, pas d'autos projetées sur des toits et dont les roues tournaient à vide, pas de sacs en plastique noirs de terre contaminée s'empilant sur des kilomètres pour ne plus disparaître.

Le train, dans la région de Fukushima, traversait une vaste plaine indéfinie, d'aspect comme partout ailleurs, peut-être un peu plus ennuyeuse, un peu moins jolie ou romantique que dans d'autres parties du pays où l'on franchissait sur des ponts étroits des gorges abruptes pour ensuite foncer dans de longs tunnels ; il n'y avait rien de particulier à voir dans la région de Fukushima, et selon les critères de la tradition classique des pays d'Extrême-Orient, où jouent un rôle le vide, le terne et le retenu, cela témoignait même d'une qualité esthétique.

Gilbert, durant ces jours, voyageait pour ainsi dire en hiver. Le plein été laissait place à l'automne, le thermomètre marquait encore chaque jour près de trente degrés, et pourtant il lui semblait que ne s'offrait à lui aucune étendue desséchée par le soleil, mais uniquement des champs luisant de gelée blanche. L'impression d'un voyage d'hiver s'interposait constamment dans sa conscience, il n'arrivait pas à voir la contrée telle qu'elle était : chaude et bien découpée sous le soleil, foisonnante de détails et proche. Le paysage renvoyait la lumière crue, et à tous les endroits qui brillaient terriblement, Gilbert ne voyait que cette luminosité, il voyait de la neige.

Il sortit du boyau de fraîcheur qu'était le train climatisé et posa le pied sur le quai en frissonnant. Immédiatement la chaleur humide se referma sur lui comme un épais vêtement qui lui coupa le souffle et l'isola de son environnement. Gilbert s'avança sur le quai avec l'envie secrète de se détourner de tout, il s'y avança avec la crainte que ce repli pût effectivement réussir, il s'y avança avec le désir de trouver dans ce retrait quelque chose qui lui ouvrirait une fois pour toutes les yeux sur la nature des choses. En même temps il pensait en priorité aux pins, il y pensait presque exclusivement. Les pins japonais sur leurs îles pittoresques étaient-ils effectivement capables de lui apprendre à voir quelque chose ? Et si c'était le cas, pourquoi un pin tout à fait ordinaire, par exemple dans une forêt du Brandebourg, n'aurait-il pas pu le faire aussi bien ?

Il chercha des yeux Yosa, qui l'instant d'avant était encore près de lui. Gilbert était descendu le premier du wagon, suivi de Yosa, Gilbert l'avait senti derrière son dos. Puis Yosa l'avait rejoint, attendant respectueusement de savoir si Gilbert laisserait passer les voyageurs montant dans le train et continuerait. Mais Gilbert s'était immobilisé sous cette chaleur, l'espace de quelques secondes, assez pour que Yosa fût englouti par la masse humaine.

Gilbert fit un pas de côté, laissa passer les gens, balaya d'un regard les visages. Désormais, il ne trouvait plus que les Japonais se ressemblaient tous, mais il ne découvrit personne qui ressemblât à Yosa.

Ils devaient changer à Sendai, et Gilbert chercha par où se rendre au sous-sol. Au niveau du palier de l'escalier, à hauteur des yeux, était installée une sorte de grande imposte, un écran lumineux montrant une forêt de bambous. Des sons d'oiseaux en provenaient de tous côtés, il descendit les marches, descendit dans la fraîcheur de cette forêt, et les chants d'oiseaux firent place à des galettes de riz, des cubes de gelée multicolores, des fruits confits sur de longues tables autour desquelles se pressaient des groupes de collégiens en uniforme noir et blanc.

Gare de Sendai : gigantesque, impeccablement propre, moderne. Un œuf en plastique jaune ananas, de la taille d'un hall d'aéroport, englobait des dallages miroitants, d'élégantes zones d'attente, d'immenses toilettes. Gilbert se serait bien assis avec l'un des groupes pour attendre que Yosa refasse surface. Dans les confortables fauteuils entourant une table de pique-nique, les membres d'une famille japonaise se tenaient très droits, buvaient du thé vert et mangeaient des boulettes de riz avec de minuscules poissons séchés. Gilbert s'assit pour quelques minutes à une table non loin d'eux, but lui aussi une gorgée de thé froid de sa gourde et observa comment les restes de boulettes de riz, encore sous leur film transparent, étaient rangés dans une boîte en bois ensuite nouée dans un linge multicolore. Tout cela se passait presque sans bruit, avec des propos à mi-voix et des gestes économes, sans la moindre trace de cette nervosité qui règne d'habitude dans les gares, avec au contraire une élégance acquise depuis la petite enfance.

Dans les toilettes aussi régnait l'atmosphère d'un hôtel de luxe. Marbre et miroirs, fleurs exotiques, parfum. Une longue rangée de vastes lavabos, sous un éclairage qui donnait également au visage de Gilbert dans le miroir un air distingué. Pas d'éclaboussures sur le marbre, pas de papiers froissés, pas une goutte sur le sol. En revanche des cabines extrêmement spacieuses, avec des cellules photoélectriques, des capteurs, de l'intelligence artificielle. Les portes s'ouvraient d'elles-mêmes, l'eau coulait quand on en avait besoin, on pouvait se servir de tout sans avoir à y toucher. Il se lava longuement les mains tout en contemplant, près de la robinetterie, la fleur de lotus fraîche et sa jumelle dans le miroir, qui, par le jeu des reflets dans la glace derrière lui, formait une guirlande qui semblait infinie.

Sendai n'était pas un endroit de rêve. Sendai n'était rien. Les guides de voyage n'attribuaient pas d'importance à Sendai, donc peu de touristes venaient s'y égarer. En mentionnant qu'on était allé à Tōkyō, l'on pouvait, du moins entre Européens, donner du lustre à sa biographie de voyageur. À Sendai, au contraire, on ne se rendait que faute de pouvoir faire autrement, pour affaires, pour raison familiale, en transit. En vérité, Tōkyō avait toujours laissé Gilbert parfaitement indifférent. Il ne tressaillait pas quand quelqu'un disait « Tōkyō », la séquence « Tōkyō-Paris-New York » le laissait froid, et d'Allemagne non plus il n'avait jamais nourri d'ambitions dans cette direction. Mais alors Sendai : des photos insignifiantes sur des pages Internet, des tours grises qui auraient pu aussi bien se dresser à Calcutta, à Detroit ou à Vladivostok. C'était justement l'insignifiance qui, dans Sendai, l'attirait de façon magique.

Comme si précisément à un endroit tel que Sendai il restait encore quelque chose à découvrir dans ce pays débroussaillé et décrit tant et plus par les poètes depuis des millénaires, dans ce palimpseste de vénération et de tradition, de regards pétrifiés et de pierres poussiéreuses, la perpétuelle réitération de la vue ?

Gilbert aimait bien Sendai, même si de cette ville il n'avait pu voir que la gare. Peut-être aurait-il dû rester à Sendai, dans un petit hôtel cafardeux, entouré de parkings, de bâtiments interchangeables, de flots de voitures. Béton mouillé, prunes salées vomitives, animaux nerveux qui ne trouvaient pas de poubelles à fouiller, parce que dans ce pays, le pays de l'ordre et de la propreté extrêmes, il n'y avait pas de poubelles sur la voie publique. Il aimait bien Sendai, c'était là un préjugé tenace qui ne le quitta pas tout au long de son voyage.

Plusieurs fois Gilbert fit le tour de l'étincelant hall principal, passa en revue toutes les boutiques, jeta un coup d'œil dans chaque buvette, dans chaque café. Même si Yosa avait eu soudain l'idée de faire encore un achat, d'avaler quelque chose en vitesse, même si tout à coup il avait filé vers les toilettes, il aurait dû être à nouveau là depuis longtemps. Et de toute façon Gilbert n'arrivait pas à s'expliquer comment ils avaient eu la malchance de se perdre de vue dans cette gare.

Il chercha son chemin en parcourant de vastes halls et de longs couloirs comme dans un terminal d'aéroport. Finalement, il trouva la bonne voie. Le quai était plein de monde, c'était la sortie des bureaux. Pas trace de Yosa. Sur le tableau d'affichage, les destinations clignotaient tantôt en japonais tantôt en anglais, rouge lampion, rouge sang sur le noir du tableau, comme si la localité visée était aussi enveloppée de mystère qu'une divinité shintō.

Les Japonais étaient déjà alignés en longues rangées derrière les bandes tracées sur le sol du quai. La légère courbe de ces rangs était fixée d'avance en blanc. Chacun s'y tenait avec une exactitude presque pénible, le train stoppa, chaque wagon s'immobilisa précisément au niveau prévu, les portières s'ouvrirent sur l'espace libre entre les files d'attente, descente en ordre, montée disciplinée, une procédure tellement mécanisée qu'elle excluait d'emblée qu'on s'énerve, qu'on pousse et surtout qu'on joue des coudes. Gilbert se plaça dans la queue, très loin, et dès lors se sentit une envie d'être le premier, avec une violence qu'il n'avait jamais éprouvée. Personne ne laissait rien paraître, tous attendaient comme il convenait, s'efforçant de ne pas prendre trop de place pour ne pas gêner les autres, de ne pas racler le sol du pied ni donner quelque signe d'impatience. Gilbert progressait par millimètres, exerçant par cette progression imperceptible mais obstinée une pression psychique sur une vieille dame, qui au bout d'un moment ne put à son tour que faire un petit pas en avant et réduire sa distance à la personne devant elle. Gilbert regardait toutes les deux secondes dans la direction d'où était arrivé le train, il faisait porter son poids d'un pied sur l'autre, se balançait même, au lieu de se tenir comme il faut, les pieds joints, les bras le long du corps, le visage inexpressif. Il se comportait comme un grossier personnage, et il s'étonnait lui-même, car enfin, à la réflexion, il ne tenait nullement à s'avancer près des marques au sol ni à sentir les regards des autres sur sa nuque. Néanmoins, il n'arrivait pas à se contenir, il suffisait que Yosa ne soit plus à ses côtés pour qu'il joue des coudes, comme s'il fallait qu'il exprime ce qui était interdit à tous les autres.

Il avait tardé à se mettre sur les rangs et ne trouva plus de place assise. La dame qui l'avait précédé avait tout de suite visé le dernier siège libre et s'y était assise quelques secondes avant un collégien qui le lorgnait aussi. Lorsqu'elle vit que le garçon se tenait debout accroché à une poignée près de ses copains qui avaient eu plus de chance et qu'il bavardait avec eux tout son saoul, elle lui céda la place. Elle se tint ensuite longtemps debout à côté de Gilbert dans le wagon bondé, en prenant un air profondément offusqué et en même temps très supérieur. Elle avait montré à tout le monde comment se conduire en altruiste, faire preuve en toute situation d'une politesse exquise ; mais le garçon, assez bêta pour ne même pas soupçonner quelle scène était en train de se dérouler, continuait tranquillement de discuter avec ses condisciples et n'accordait pas la moindre attention à la vieille dame.

Le Japon n'est plus ce qu'il était, voilà ce qu'elle se disait, et Gilbert le voyait, les manières se détériorent et même la plus élémentaire politesse n'a plus cours. Il savait qu'elle savait qu'il avait fait la queue derrière elle et manifesté sa nervosité, et il s'efforça d'échapper, autant qu'il était possible dans ce train bondé, à son regard à la fois humble et orgueilleux, autoritaire et offensé, triste et sans pitié.

Ils roulèrent longtemps sous terre. À chaque arrêt des gens descendaient, ce furent d'abord les collégiens, puis les ouvriers, plus tard les ménagères avec leurs sacs à provisions et leurs paquets. Le train se vida, à un moment la clarté revint, et au grand jour ils traversèrent les faubourgs. Site industriel, installations portuaires, la côte.

Shiogama

Chère Mathilda,

Nous sommes effectivement partis pour nous rendre à Matsushima, sans nous attarder davantage. Or, malheureusement, au moment de changer de train à Sendai, j'ai perdu le jeune Japonais. Sans que mon attention se soit relâchée – je tiens à le souligner, car j'endosse à son égard une certaine responsabilité qui, vu les circonstances, équivalait à l'obligation de le surveiller –, il a tout à coup disparu, et je me demande encore comment il a pu faire. Certes, je ne me sens pas véritablement coupable, car enfin il est adulte et peut faire ce qui lui chante, mais même si ce n'était pas mon intention première, je vais tout de même interrompre mon voyage pour essayer de le retrouver. Faute de temps nous voulions sauter diverses étapes qui se trouvent sur le chemin de Matsushima, y compris Shiogama, à une journée de marche de Matsushima. Bashō a visité là plusieurs monuments historiques, en particulier la Pierre en Mer, Oki no Ishi, et la montagne des Derniers Pins,

Sue no Matsuyama, deux endroits attirants pour un jeune homme qui a rêvé d'une fin romantique, tout comme les pittoresques falaises de la baie de Shiogama. Autour de ces sites fleurissent des histoires d'amours déçues, si bien que – je dis cela juste en passant – moi aussi j'estime finalement opportun de m'y rendre. « Si jamais mon cœur, puisque je te dis adieu, devait un jour se sentir tenté, alors les vagues submergeraient la colline des pins de Sue. » C'est une poésie de Kiyohara no Motosuke qui a ému aux larmes des générations entières.

À l'arrêt de Tagajō, six stations avant Matsushima, dans la ville de Shiogama, Gilbert descendit de l'omnibus de la ligne Senseki et partit à pied vers la montagne des Derniers Pins.

Il avait à traverser un très banal quartier d'habitations. Maisons blanches de plain-pied, directement au bord de la chaussée, sans trottoir. Bâtiments plus anciens avec aux fenêtres des persiennes en bois, d'autres plus récents avec balcons et auvents pour les voitures. Immeubles d'appartements derrière des parkings de gravier. Tout cela construit serré sur des parcelles étroites. C'est à peine si, entre clôture et maison, pouvait trouver place un conifère taillé en nuages.

La rue montait en pente douce mais continue. Des murets projetaient sur la chaussée des quadrilatères d'ombre en oblique. À l'approche des croisements, de gigantesques caractères japonais étaient tracés sur l'asphalte à la peinture blanche. Le ciel était parcouru par des câbles tendus en tous sens, il ne passait pas une voiture, on ne voyait personne.

La forte chaleur de midi tombait comme de la poussière et couvrait toutes choses d'une irréalité poudreuse. Gilbert arriva à un coin de rue où se dressait une enceinte imposante. Sur un socle de béton, percé de quelques trous réguliers permettant aux eaux de pluie de se déverser dans le caniveau, se trouvait un mur de briques moulées, rappelant d'étroites tuiles verticales, surmonté d'une clôture en grillage.

C'était devant cette construction que la rue obliquait en direction des derniers pins.

Trois blocs de béton barraient le passage aux voitures, ensuite la route se rétrécissait et n'était plus qu'un banal chemin pour piétons. Sans le panneau, personne n'aurait soupçonné que les deux pins avaient quelque chose de particulier. Deux pins sur le bord de la route, un peu ébouriffés, au point le plus haut de la zone habitée, voilà tout. Derrière eux, là où le terrain redescendait, commençait un grand cimetière. Bashō mentionne déjà ces tombes, mais il s'intéressait avant tout aux sanctuaires constitués d'arbres. Bashō avait visité le pin à deux troncs de Takekuma, l'épais bosquet de pins de Sendai, nommé « le toit d'arbres », qui ne laisse pas passer le moindre rayon de soleil, il avait rendu hommage à la Pierre en Mer plantée de ses pins nains et il avait gravi le mont des Pins de Sue, l'un de ces nombreux et célèbres « oreillers à poèmes ».

Là, les pins signalent un lieu de la poésie classique, un lieu qui amène à se demander ce qu'il est advenu des amoureux après qu'ils se sont dit adieu. Ils se jurent l'un à l'autre que leur attachement restera immuable même pendant une séparation, à moins que – et là intervient une figure de rhétorique pour dire l'impossibilité – à moins que les vagues de la mer ne submergent la colline de Sue et ses pins. En fait, même la vague du dernier tsunami n'a pas atteint la colline, mais il faut dire que la position de l'éminence, au cours des siècles passés, s'est trouvée repoussée à l'intérieur des terres, à quelques kilomètres du bord de mer. D'une façon générale, aujourd'hui les sanctuaires d'arbres se trouvaient au bord de routes très fréquentées ou d'emplacements entièrement bétonnés, ce n'étaient plus que des restes de bois desséché et fendu, qu'on ne pouvait que déconseiller catégoriquement, des ombres d'eux-mêmes, noyés dans le morne désert des temps modernes, et qui ne valaient tout simplement pas la peine qu'on les visite.

Gilbert fit soigneusement le tour des pins, cherchant, sous la végétation, quelque trace de Yosa, une lettre d'adieu, son sac de sport, mais en voyant la triste allure de ces arbres, laissés sans soins, négligés en dépit de leur statut de monument national, il ne put imaginer que Yosa fût venu là. Il devait savoir que ces deux pins, au milieu de la banalité immobilière, ne rappelaient plus qu'avec beaucoup de bonne volonté le passé héroïque et romantique, et il devait avoir su que ce lieu ne convenait pas pour ce qu'il comptait faire.

Gilbert, sans s'attarder davantage auprès des pins, descendit un bout de la colline jusqu'à Oki no Ishi, la Pierre en Mer. La dame de la cour Nijōin no Sanuki, au XIe siècle, avait écrit un poème sur l'amour à sens unique, qu'elle comparait symboliquement à une pierre :

Lourde de larmes reste
ma manche, elle ne sèche pas –
telle une pierre en mer
que même la marée basse
recouvre, nul n'en sait rien.

Gilbert pressa le pas. Pourquoi n'était-il pas allé tout de suite à cette pierre ? Pierre en mer, doublement délaissée, puisque la mer aussi s'était retirée loin d'elle. Gilbert descendit la rue en courant. Ses pas tambourinaient dans la chaleur. Il n'était plus capable de penser clairement.

Hors d'haleine il arriva au carrefour en étoile. La Pierre en Mer était facile à reconnaître. Tenant quasiment lieu d'îlot au centre du rond-point, il y avait une mare entourée d'une grille. De cette mare émergeait une petite île. Des blocs rocheux où poussaient trois pins atrophiés. L'eau ne couvrait plus la pierre, qui baignait dans un bouillon glauque alimenté, peut-être à hauteur de genou, par un effluent d'égout. La margelle de béton aurait permis que l'eau monte à deux mètres de plus, mais Gilbert douta fort qu'en une autre saison les choses se présentent mieux. De Yosa, pas trace. Gilbert essaya néanmoins de voir jusqu'au fond de la mare, il en fit le tour complet en se cramponnant à la grille, dans l'eau flottaient des rubans d'algues vertes, çà et là on voyait briller une pièce d'un yen, sinon rien.

Gilbert se tint pressé contre la grille et nota un haïku, alors que soudain une camionnette tournait autour de la mare et s'efforçait de manœuvrer pour aller livrer son chargement dans une rue latérale.

Sur le plus haut mont,
là où commencent les tombes,
se dressent deux pins,

écrivit Gilbert. La camionnette avait enfin trouvé où passer et disparut. Le haïku était remarquable : simple et expressif. Gilbert le trouva digne de figurer dans un manuel. Pour rendre compte aussi de la Pierre en Mer, il continua d'écrire :

Mer ou pas de mer –
l'eau est assombrie et trouble,
ce n'est qu'une flaque.

Puis il écrivit encore :

Pierre derrière des grilles,
reste cachée devant moi,
replonge vers le bas !

L'un des haïkus, il le composait pour lui, l'autre à la place de Yosa. Les deux étaient moins réussis que le haïku sur le mont des Pins, leur résonance était sentimentale et peu sereine, voire dépressive. Du coup, il ne voyait pas très bien comment ranger ces haïkus. Le haïku triste serait celui pour Yosa ou de Yosa, mais l'atmosphère était également désolée dans les deux. Il résolut de décider plus tard lequel était le plus gai, et alors de le revendiquer pour lui. Yosa n'avait qu'à s'en prendre à lui-même, si à ce point de leur voyage il fallait qu'il soit remplacé par Gilbert. Composer un mauvais haïku était finalement un moindre mal. Il relut encore une fois les haïkus, puis il sentit une impatience bouillante monter dans son corps pour se fixer dans sa poitrine, y faisant crever de petites bulles en continu, et il partit en courant, retourna à la station de chemin de fer, prit sans réfléchir le premier train, fit trois stations jusqu'à Hon-Shiogama, là il descendit, courut au port, courut à la baie de Shiogama avec ses falaises autrefois d'un romantisme sauvage.

Vue d'ensemble impossible, désolée, bétonnée. Le bassin du port n'était pas fait pour que des piétons en fassent le tour. Néanmoins Gilbert suivit la berge, passant par de vastes parkings d'où les touristes allaient s'entasser dans les bateaux pour Matsushima, passant devant des dépôts de containers, des grues, des silos, des montagnes de mâchefer, d'ordures compactées en balles blanches.

Sans cesse il croyait voir sur le quai, derrière une bitte d'amarrage, le sac de sport de Yosa, mais à chaque fois ce n'était qu'un cordage lové par terre, un tee-shirt oublié ou un sac en plastique.

Il marcha longtemps, par une chaleur lourde, en inspectant tout le bassin du port, sa serviette de cuir coincée sous le bras, trempé de sueur, assoiffé, trop habillé.

Il s'était vêtu comme les Japonais allant de chez eux à leurs bureaux climatisés. Costume sombre, chemise blanche, chaussures brillantes. Il lui avait semblé que cela convenait comme costume actuel pour un moine itinérant, un pèlerin ascétique, il se fondait tout simplement dans la masse, même s'il avait dû renoncer à quelques-uns des accessoires dont se munissaient les employés japonais par cette chaleur, à savoir une serviette-éponge que plus d'un se mettait sur la nuque pour absorber la sueur qui ruisselait dès qu'on quittait les locaux rafraîchis artificiellement. Une serviette-éponge, par rapport à sa vénérable entreprise, lui semblait par trop vulgaire. En lisant des prospectus traînant dans le train, il avait appris l'existence d'autres accessoires du même genre, de sous-vêtements spéciaux qui absorbaient l'humidité aux endroits critiques sans qu'on en voie rien de l'extérieur. Il préférait ne pas se représenter ces cohortes d'hommes élégants qui envahissaient tous les jours les transports publics, emmaillotés comme des nourrissons sous leurs tissus coûteux, d'autant qu'il lui semblait que des couches supplémentaires d'étoffes ne faisaient qu'aggraver le problème. C'était peut-être une erreur de sa part, car même à leurs heures de loisir les Japonais ne se découvraient pas, les femmes portaient plusieurs vêtements amples les uns sur les autres, des tee-shirts à manches longues ou courtes, ou sans manches, des hauts descendant jusqu'aux genoux par-dessus des jupes encore plus longues, tout cela dans ces couleurs de boue ou de cendre qui, depuis le renouvellement de la cérémonie du thé dans ce pays, déterminaient la sensibilité esthétique.

Yosa, il s'en avisa soudain, n'avait pas transpiré. Yosa lui était toujours apparu comme un être d'une température égale, svelte et frais, élégant. Yosa ne se serait jamais montré dans la rue avec une serviette-éponge. Mais lui aussi avait recouru à certaines astuces pour donner l'impression qu'il n'était pas un être de chair et de sang et qu'il ne connaissait pas la transpiration.

Un calme absolu régnait dans le port immense. Pas le moindre foyer d'agitation, aucun groupe à l'écart se montrant quelque chose dans l'eau, rien que de vastes surfaces goudronnées d'où tout avait été balayé, et puis la mer, une mer d'huile.

Gilbert retourna lentement à la gare. Il s'assit dans une échoppe et commanda des nouilles *soba*. Automatiquement, on lui apporta aussi du thé. Le mot « thé » lui venait déjà tout naturellement en japonais. Il l'avait appris en écoutant Yosa, et comme il s'agissait désormais, lui semblait-il, d'un motif récurrent dans son projet de se détourner du monde, il accepta le thé vert sans résister, alors qu'il aurait pu choisir d'autres boissons.

Il n'y toucha pas tout de suite, le laissa refroidir et finit par le porter à sa bouche avec précaution. Son visage se reflétait à la surface du liquide et il regarda plus attentivement. Ce n'était pas son visage, mais celui de Yosa. Il reconnut les traits de Yosa, ses cheveux noirs, le nez plus plat, la forme des pommettes. Il poussa puis rapprocha le bol jusqu'à ce qu'apparaissent aussi clairement le menton et la barbiche. Le visage de Yosa fit une grimace gênée et tenta de s'esquiver par le côté, mais Gilbert le suivit en déplaçant le thé et ne le lâcha pas du regard. Yosa se dégagea, détourna la tête, ferma les yeux. Puis il renonça et regarda Gilbert en face, soumis, résigné. Gilbert eut l'impression qu'il le suppliait de faire quelque chose. Il ne savait pas quoi. Il ne sut plus que faire. Il était assis sur une chaise en plastique devant un en-cas de nouilles japonaises, à côté du store le soleil frappait impitoyablement, Gilbert avait posé sa serviette de cuir par terre entre ses pieds et la tenait solidement entre ses chevilles et ses jambes. Il se récita intérieurement le poème qu'il avait écrit pour Yosa.

Pierre derrière des grilles,
reste cachée devant moi,
replonge vers le bas!

Une jeune femme débarrassa le plateau de nouilles. Elle revint avec un chiffon, essuya la table, remit des chaises en place. Lorsqu'il fut sûr qu'elle ne l'embêterait plus, il se pencha à nouveau sur son thé. Le visage de Yosa avait disparu, Gilbert se vit lui-même.

Il ne toucha pas au thé. À un distributeur de boissons glacées, il s'acheta deux bouteilles d'une limonade isotonique laiteuse. Il était complètement déshydraté. Possible qu'il eût déjà des hallucinations. Il but entièrement les deux bouteilles, les jeta dans une poubelle de la gare et monta dans le train pour Matsushima. Peut-être que Yosa, à Sendai, l'avait tout simplement perdu de vue, avait été absorbé par la foule et avait alors, raisonnablement, décidé de gagner leur prochaine étape, où leurs chemins à nouveau se croiseraient forcément. Peut-être que Yosa l'avait devancé et se trouvait déjà dans les Îles aux Pins.

Avec Mathilda, à Rome, il s'était assis sous des pins. Des pins dont ils recherchaient toujours l'ombre, des pins dont ils respiraient la senteur de résine, des pins aux grands troncs et aux couronnes noires en forme de nuages. À l'époque il n'avait pas prêté attention aux pins en eux-mêmes, ç'aurait pu être des parasols ou des auvents, il profitait de leur relative fraîcheur, mais ni lui ni Mathilda ne s'étaient intéressés aux conifères. À présent il s'en souvenait : le ciel romain, bleu jésuite, bleu baroque, bleu lumière, couvert de cumulus d'un noir profond. Rome, c'étaient les blancs édifices de nuages luisants d'or des coupoles peintes, c'étaient les noirs nuages flottants des couronnes de pins sur le firmament réel.

Sur les cumulus trônait Dieu le Père, avec sa barbe blanche, et Gilbert arpentait la ville avec Mathilda, d'une église à une autre, pour comparer les formes de la barbe de Dieu. En règle générale, la pilosité de la barbe divine ondoyait, dégringolait du menton en boucles à la Schiller, chaque mèche tournant sur elle-même. Mais enfin il ne fallait pas qu'elle soit trop frisée ; l'important, c'était l'ondulation. Dans les coupoles nuageuses, la barbe se montrait blanche et ondulante, faisant ainsi référence au dieu des météores, à la puissance météorologique de Dieu, mais aussi au Dieu invisible qui s'enveloppe de nuées, au Dieu irreprésentable, dont la face, même si l'on tentait malgré tout de la peindre, demeurait au moins dans sa partie inférieure dissimulée dans une blancheur ondoyante et nuageuse. Pour la barbe de Dieu, il n'y avait pas le choix d'une coupe ou d'une autre. La personne du Christ pouvait, sous la forme du Bon Pasteur, se présenter imberbe comme le voulait la mode romaine du moment, le Christ pantocrator portait une barbe royale, soignée et pas trop longue, le Christ en Homme de douleurs, dans les lugubres églises baroques, entre de grimaçants squelettes en marbre, des reliquaires d'or et des momies de papes enrobées de velours rouge, montrait habituellement une barbe de trois jours, vu que, bien sûr, dans le rôle de l'Agneau sacrifié, il n'avait plus trouvé le temps de vaquer à des tâches profanes comme le rasage du matin. Certains artistes, en revanche, renonçant à laisser une pilosité foisonnante non peignée, avaient doté l'Homme de douleurs de ce qu'on appelle une barbe de stratège, telle qu'on l'élaguait pour être prêt au combat. Car enfin il s'agissait de la lutte entre le ciel et l'enfer, la vie et la mort, et il n'était pas pensable que le protagoniste fût gêné par des mèches volant en désordre. À vrai dire, le Christ n'était qu'un personnage secondaire dans son étude, Gilbert se concentrait sur Dieu le Père, dont la forme de barbe, dans le cadre de l'interdit frappant les images, n'aurait en fait jamais dû exister. L'interdit frappant la face de Dieu, l'idée de l'incorporéité de Dieu ou tout au plus du nuage comme face arrière de Dieu avaient été contournés par l'argument consistant à dire que l'image de Dieu n'est pas du tout une représentation de Dieu, mais seulement la représentation d'une vision de Dieu, donc par exemple la restitution d'une vision prophétique comme dans Daniel chapitre 7, verset 9, où est fixée l'image de l'Ancien des Jours : Son vêtement était blanc comme la neige et ses cheveux comme de la laine pure. Depuis lors, la figuration de Dieu avec une barbe de sagesse semblait omniprésente, et le résultat de son étude était fixé d'avance. Barbe ou pas, il s'agissait toujours de symboliser une puissance supérieure.

Mathilda tiquait devant cet étalage de virilité. La barbe de Dieu, avait-elle pesté, mais voyons, il s'agit exclusivement de structures patriarcales, de leur exhibition et de leur préservation quoi qu'il arrive. Évidemment que ça intéresse l'industrie du cinéma.

Mathilda lui donnait le sentiment que le sujet de l'étude était d'une époque révolue. Qu'est-ce qu'il faisait de la déconstruction des rôles traditionnels des sexes ? Et de la problématique de la représentation à l'époque de la postmodernité ? Comment se faisait-il que l'iconographie chrétienne représentât Dieu le Père sur le modèle de Zeus et perpétuât cette image jusqu'à maintenant ?

Au bout de quelques jours seulement, Mathilda ne l'accompagna plus dans les musées et les églises, elle trouvait insupportables les lugubres peintures à l'huile, les fresques pâles et les statues ostentatoires, elle était contente quand, équipée de lunettes de soleil, d'une robe d'été et de sandales, elle était assise devant un rafraîchissement sur la *piazza*. Pour elle, l'apogée de ce séjour à

Rome fut lorsqu'on en eut fini des thermes, des vestiges de fouilles, des interminables murailles antiques, lorsqu'elle put savourer le goût laissé par ces catacombes, chapelles et palais. Mathilda, un corps bien dessiné, qu'elle exposait au soleil de la Ville éternelle.

Plus d'une fois, Gilbert se maudit de l'avoir emmenée. Elle le freinait, l'entravait dans sa recherche ; avec son indolence, son manque d'intérêt pour la culture, son orgueil, elle l'empêchait de se mettre au travail. Elle le démotivait, elle finit par l'amener, dans la seconde moitié de leur séjour, à ne plus faire que traîner d'un café au suivant en buvant de la grappa, mangeant du riz, des pizzas et des pâtes, non sans éprouver pourtant le sentiment de poursuivre une importante mission.

Peut-être, pensait-il à présent, auraient-ils dû plus souvent rester sous les pins, y camper, regarder au loin depuis une colline, par-dessus les toits et les coupoles de la ville.

Et puis Yosa, se jetant du haut d'une falaise, encore et encore – l'image ne lui sortait pas de la tête, elle demeurait obstinément devant ses yeux, se superposait au paysage que le train traversait à son rythme tranquille, comme prenant bizarrement son temps pour tout lui montrer encore une fois. Installations portuaires, côte raide, baie. Ils avaient trouvé le meilleur endroit qui soit, une falaise, majestueusement inclinée, la mer très loin en bas. De la roche se penchaient des pins hors d'âge, courbés par les tempêtes, obstinément cramponnés au sol dur, vacillant sous le vent. Ils jetaient ainsi une ombre mobile qui passait sur les aiguilles sèches au sol, et cette ombre était traversée par l'ombre furtive de Yosa. Yosa s'avançait tout près du bord, ôtait ses chaussures, les disposait minutieusement à côté de son sac de sport. Puis il restait un moment debout en fines chaussettes blanches sur la pierre, ses orteils cherchant sottement à s'assurer une prise. Gilbert voulait lui crier quelque chose, courir vers lui, lui saisir le bras et le tirer en arrière, mais sa voix s'étranglait et, pour des raisons inexplicables, il se sentait incapable d'un mouvement rapide. Il lui était possible d'avancer pas à pas, comme à tâtons, comme en glissant millimètre par millimètre, il glissait de loin en direction de Yosa, il avançait tout doucement, il marchait comme s'il ne marchait pas, un souhait magique, inexauçable, et quand il mettait à bouger une énergie même minime, quand avec une poussée d'agressivité à peine perceptible il voulait accélérer ne fût-ce qu'un tout petit peu, il se bloquait et n'avançait plus. Il suivait de loin comment Yosa se jetait du haut de la falaise. Soudain il pouvait à nouveau courir, il sprintait, regardait en bas, mais ne voyait que les vagues, très loin, se briser, blanches et régulières, contre le rocher. Là-bas un objet resurgirait sur les brisants, mais le corps de Yosa avait déjà disparu. Gilbert reculait et, désemparé, s'asseyait sous l'un des arbres noueux. La falaise restait entourée du fracas du vent, les lacets des baskets de Yosa voletaient, le sac de sport s'incurvait et s'aplatissait avec un bruit de succion.

Matsushima

Chère Mathilda,

Les Îles aux Pins de Matsushima sont parmi les trois plus beaux paysages du Japon. Le spectacle qu'elles offrent est considéré comme classique, inspirant et poétique. De sorte qu'elles sont un lieu prédestiné aux poèmes, un *uta-makura*, ce qu'on appelle un oreiller à poèmes. Depuis des siècles, les poètes japonais sont allés en pèlerins vers des lieux offrant des paysages particulièrement séduisants, des lieux tellement exquis et admirables, des lieux si accueillants et agréables que les poèmes aiment à s'y poser comme des oiseaux. J'ai voulu à mon tour me rendre en un lieu qui avait reçu la visite de si nombreux pèlerins. Matsushima, dit-on, est un oreiller particulièrement épais.

Ce sont d'innombrables îles, certaines minuscules, sur lesquelles poussent des pins noirs noueux. Les vénérables pins des jardins impériaux sont taillés à leur ressemblance. Il faut qu'ils paraissent sauvages et tordus par le vent, comme si leurs formes n'étaient pas dues à la main de l'homme mais aux intempéries : de vieux pins, symboles de constance, de gravité et de rigueur, telles qu'elles sont peut-être accordées au sage au terme de sa vie.

Le pin noir du Japon ne pousse que dans l'archipel japonais et dans certaines parties de la Corée. Les tentatives pour en planter sur la côte est de l'Amérique du Nord ont échoué, les arbres furent aussitôt atteints de maladies, envahis de parasites, et ils dépérirent. Et pourtant ce pin est un arbre des côtes, il supporte sans problème les embruns d'eau salée, il résiste aux vents de mer. Son bois est volontiers employé pour le plateau du théâtre nō, parce qu'il ne grince pas, et d'ailleurs la scène est ornée de pins et de peintures qui en représentent.

Car le pin passe pour être le lieu de la manifestation du divin. Il est le point du monde où les dieux descendent, comme l'éclair qui, dit-on, suit un fil conducteur.

Le pin sylvestre européen a beaucoup de traits communs avec le pin noir. Il est le biotope de la noctuelle du pin, des chenilles processionnaires et encore d'autres papillons évoquant la religiosité, et il est aussi le siège de ce formidable silence ancestral qu'ont en partage toutes les variétés de pins sur la terre.

Matsushima-Kaigan. Ciel voilé, d'un gris soyeux, devant lequel se poussaient les nuages effilés et plats comme sur les paravents japonais, des nuages faits de bandes arrondies et d'étincelants carrés de feuille d'or, des nuages à peine esquissés, fort stylisés, dont la fonction se limitait à faire disparaître des parties du paysage. Ciel depuis longtemps passé, d'une carte postale dont on soupçonnait le verso jauni, l'odeur de renfermé et le bon souvenir tracé d'une écriture vieillotte. Quelque chose de jauni s'étendait sur Matsushima, quelque chose d'à peine croyable, comme si toutes les nostalgies s'étaient réunies là et à présent n'y trouvaient plus de nouvelle direction. Il était arrivé. Était-ce vraiment possible ? Les nuages, qui de prime abord semblaient figés, progressaient à belle allure, le vent soufflait frais et salé, et de la gare on avait vue tout droit sur la mer.

Les autres voyageurs descendaient du train avec l'affairement des gens du cru, ils ne se souciaient pas de la vue. Personne d'autre que lui n'était venu pour les Îles aux Pins.

La nuit précédente il était resté longtemps éveillé, à regarder de son lit le ciel sombre et agité. Il sentait les nuages gonfler d'eux-mêmes, ils s'enrichissaient, croissaient jusqu'à être gigantesques et se mettaient en mouvement, poussés par un vent impérieux. Ils perdaient leur forme, se déchiraient en lambeaux, se recomposaient autrement, leur noir triomphal était devenu un gris fade et ensuite une immense étendue grise, une couverture de stratus qui l'oppressait et à laquelle il voulut échapper en allant là où les nuages avaient leur habitat naturel hors de son imagination : au bord de la mer.

Il passa le portillon et montra son billet à un employé. Puis il se pencha et caressa le sol devant la gare. Il était arrivé.

Son approche de Matsushima n'était pas tant un voyage, c'était davantage un glissement ou une reptation, une avancée indolente et tâtonnante d'escargot, une fluctuation le rapprochant tel un gros nuage ; il voyageait, lui sembla-t-il, comme une figurine en pudding tout juste démoulée, luisante, qui refroidissait lentement, continuait de trembloter et sur une surface oblique ne trouvait pas de prise, perdant un peu plus de sa forme à chacun de ses mouvements d'amibe.

Debout sur le parvis de la gare battu par le vent, il se sentait poussé. Un cumulus gris se propulsait au-dessus de parkings, de buissons poussiéreux, enjambait un sinistre passage sous les voies, se ramassait au-dessus des petites boutiques comme un cerveau énorme, le sien.

Il ne voulait pas se soumettre à cette poussée et pourtant il lui cédait, elle le soufflait devant elle comme le vent avec les nuages. Extérieurement il donnait l'impression d'être obstiné et ambitieux, d'être prêt à agir, sinon même appliqué, de la même façon que les nuages se pressaient apparemment avec zèle dans une certaine direction, comme s'ils avaient un but et que le mouvement provenait d'eux-mêmes. Mais depuis quelque temps s'accroissait en lui une défiance envers cette force qui se déguisait en ressort, en impulsion, mais que de plus en plus il ressentait comme une contrainte. Et il se demandait parfois : est-ce que sans cette contrainte nous ne bougerions pas plutôt comme bouge la lune, qui se lève à heure fixe, qui paraît inébranlable dans sa quiétude, parce qu'elle réunit sur elle toutes les choses de la nuit ?

Saigyō, au cours de son voyage, se laissa conduire par le clair de lune. Cela le mena à travers des paysages enchantés et vers des endroits loin de tout; Saigyō était en quête de magie, de beauté, et c'est ainsi qu'il parvint de plus en plus loin vers le nord.

Gilbert savait précisément où il voulait aller. Il faisait grand jour, il déplia son plan de la ville, qui indiquait où sa chambre avait été réservée, il passa sous les voies par le passage souterrain, puis il suivit la rue qui montait de plus en plus, jusqu'à son hôtel.

Derrière la glissière de sécurité s'étendait un parking dont les dimensions surprenaient par rapport à la taille modeste de la localité. Le parking était vide. À son entrée, un panneau disait : Point de ralliement en cas de catastrophe. Pour échapper à un tsunami, on était censé s'empresser de gravir la pente comme Gilbert venait de le faire, foncer avec sa voiture vers les quartiers de la ville haute et chercher refuge contre le raz de marée sur ce parking. Autant qu'on puisse en juger, la vague ne saurait arriver jusque-là. L'hôtel était encore au-dessus du parking. De ce point de vue, Gilbert pourrait dormir tranquille.

Il se vit gravir la pente comme ces personnages minuscules qui empruntent les sentiers de montagne sur les rouleaux anciens, à peine discernables par rapport aux masses rocheuses qui occupent et dominent tout l'espace ; à peine discernable, la petite silhouette, parmi les vigoureux traits de pinceau dont chacun suffirait à recouvrir en entier cette ligne délicate censée représenter un homme.

Le réceptionniste s'inclina à maintes reprises, lui fit signer tout un tas de documents et téléphona en même temps en plusieurs langues.

Non, aucun nouveau client n'était encore arrivé cet après-midi. Aucun jeune Japonais, aucun homme se nommant Yosa Tamagotchi, ni personne qui se présentât sous un autre nom, aucune femme, aucun enfant, absolument personne.

L'homme exhiba soudain, tel un prestidigitateur, un éventail de cartes postales parmi lesquelles Gilbert avait à choisir. Le geste lui parut un peu condescendant, mais il n'osa pas refuser. Diverses vues de diverses îles minuscules. Il en choisit une où l'île émergeait de l'eau sans la moindre végétation, avec la forme d'une voile. Celle-là, fit remarquer le réceptionniste, elle n'existe plus, elle a sombré dans le tsunami. Gilbert accepta poliment, des deux mains, l'image de l'île morte.

Matsushima était belle, disait-on depuis des siècles, Matsushima était, tout au long des siècles, d'une beauté à laquelle même le tsunami n'avait rien pu ôter, ou bien plutôt d'une beauté qui avait été capable de retenir le tsunami. Dans la baie, les nombreuses îles couvertes de pins avaient atténué la violence de la vague, avaient évité le pire, avaient protégé la localité.

Le réceptionniste l'accompagna jusqu'à sa chambre. Un hôtel dans le style occidental, pas de cloisons en cèdre, pas de tatami au sol ni de fenêtres en papier, en revanche une climatisation bourdonnante, un coin lecture et, au plafond, des ampoules LED qui conféraient au béton sobre un air accueillant, comme si le soleil donnait dessus en permanence.

Chère Mathilda,
Dans son essai *Éloge de l'ombre*, l'écrivain Jun'ichirō Tanizaki soutient que le Japon affectionne l'obscurité. Face au progrès technique, il voit son pays en train de s'occidentaliser, et déplore qu'au cours de ce processus les techniques culturelles spécifiquement japonaises passent à l'arrière-plan, voire tombent dans l'oubli. Pour

lui, une sensibilité à l'allusion subtile, à ce qui est ombré et invisible en fait essentiellement partie. L'Occident, pourrait-on dire en un résumé simpliste, est clair, non seulement il apporte les lumières du rationalisme, mais il tend d'une façon générale à éclairer toutes les rues, les places, les espaces à coups de projecteurs éblouissants, si bien que chaque objet est à jamais fixé dans des contours aigus. L'Orient préférerait au contraire ne laisser les choses émerger que vaguement de l'arrière-plan, considérerait plus que tout leur mutabilité et leur incomplétude, de sorte que c'est le summum de l'expérience esthétique quand on ne saisit d'un objet qu'une lueur furtive. Vulgarité des choses nettement visibles qui prétendent exister détachées de l'arrière-plan, éloge de la pénombre qui ôte aux choses leur consistance, leur conviction indubitable, leur présence sans mystère.

Il prend comme point de départ de son argumentation les différentes couleurs de peau prédominant dans telle et telle culture, et en déduit les différentes idées de la beauté. Le teint blanc rosé des Occidentaux est d'après lui tout autre que la pâleur qui chez les gens de l'Est a un fond sombre. De façon générale, Tanizaki préfère ce qui est ombré, mais il tente par ce tour de passe-passe de démontrer que la pâleur des Japonaises ne serait bien mise en valeur qu'à condition qu'elles se tiennent à l'écart de toute vie sociale, se confinent pendant des années dans la solitude d'intérieurs mal éclairés, et surgissent ensuite de l'obscurité comme des fantômes, le visage blafard et les dents noircies. Ses déductions sont tellement réactionnaires, machistes et nationalistes qu'elles donnent à ses idées un arrière-goût extrêmement déplaisant. Il n'empêche que les images dont il se sert pour faire valoir une conception limitée de l'iconologie forcent la conviction. Dans l'installation de sa nouvelle maison il souhaite avoir une salle de bains de type japonais. Il y emploiera des bois sombres, en revanche il ne trouve pas comment remplacer l'étincelante robinetterie. C'est la cuvette des toilettes, en faïence d'une éclatante blancheur, qui est particulièrement visée par sa critique du style. La solution la plus élégante serait un modèle qui n'existe pas sur le marché : tout en bois et laquée d'un noir japonais.

Dans l'hôtel on ne servait que le petit-déjeuner, le réceptionniste en informa Gilbert en montant devant lui l'escalier. Au cas où il voudrait manger quelque chose, il devait tenir compte de ce qu'en ville tout fermait à 18 heures. Gilbert avait sous le nez des jambes de pantalon qui bougeaient à un rythme étrangement ralenti. Les semelles du réceptionniste semblaient avoir du mal à se détacher des marches. Gilbert le suivait, lentement, il ne s'était pas laissé prendre son tout petit bagage, mais du coup il avait d'autant plus l'impression qu'ils mettaient un temps disproportionné à monter. Il serrait l'homme d'un peu trop près, pour accélérer l'ascension, de la même façon qu'il avait poussé discrètement dans la queue sur le quai, mais le réceptionniste n'en avait cure, il levait un pied après l'autre, comme s'il collait au tapis recouvrant les marches, comme s'il l'entraînait à sa suite, et avec lui l'escalier et tout le reste de la maison, tandis que l'autre pied faisait pression dans le sens inverse et arrêtait tout.

Il était né à Matsushima, expliqua-t-il pendant qu'il ouvrait la porte à Gilbert, il y avait passé toute sa vie, à part ses années de formation, et il n'avait pas l'intention d'en repartir.

De ses manches sortaient des ombres, de sous le lit et de sous le bureau elles s'étendaient, plongeant la moitié inférieure de la chambre dans un flou sinistre, tandis que sur le plateau réfléchissant du bureau tous les objets occupaient avec une exactitude provocante l'espace qui leur était imparti, la bouilloire et ses deux tasses posées à l'envers, les petits sachets de sucre et de thé, la lampe de bureau d'une taille monstrueuse avec son abat-jour métallique et son pied articulé en Z. Seul le vieux téléviseur semblait également issu du royaume des ombres, il trônait lourdaud et noir sur la table, avançant dans la pièce et amenant derrière lui une longue traîne d'obscurité.

Le réceptionniste était planté jusqu'aux genoux dans ce flou, Gilbert n'y regarda pas de plus près, la chambre lui parut passablement poussiéreuse, la moquette carrément sale, il se dit que cette zone inférieure de la chambre était tout simplement taboue et que le mieux était de l'ignorer tout bonnement, elle et toute la vermine qui pouvait y nicher.

Pendant que le réceptionniste lui expliquait le fonctionnement des équipements techniques qu'il aurait à gérer, comme si Gilbert n'avait jamais actionné un interrupteur, pendant qu'il faisait l'éloge de la moustiquaire devant la fenêtre et soulignait qu'à travers ce grillage on voyait la mer quand le temps n'était pas aussi brumeux et nuageux, Gilbert sentait les ombres clapoter contre la bonde en plastique des sanitaires, il se concentrait sur les plis réguliers du rideau gris et s'efforçait d'afficher un sourire reconnaissant aussi longtemps que durerait le numéro.

Il serait toute la nuit à l'accueil et à sa disposition, indiqua pour finir le réceptionniste avec dignité. Même s'il lui arrivait de se faire remplacer pour quelques heures, il y avait néanmoins en permanence quelqu'un de disponible, dit-il en sortant, et Gilbert comprit tout à coup que pas un seul autre client n'était descendu dans l'hôtel.

Pendant un moment il se vit parcourir les couloirs de nuit, il avait les dents noires et portait un vêtement en laque japonaise raide et lourd.

Ensuite il passa sous la douche. Il but une tasse de thé vert. Il prit son parapluie et se mit en route pour la baie.

Chère Mathilda,
Un guide touristique des Îles aux Pins devrait décrire l'itinéraire pour les atteindre. L'itinéraire extérieur est vite expliqué. On monte dans le train et on y est. Mais la question décisive est de savoir si cet itinéraire mène aussi intérieurement au pin noir japonais en tant que phénomène, de telle sorte qu'on soit finalement prêt à *voir* un pin. Un véritable guide devrait faire ressortir le pin noir du vide, qui est le fondement de toutes choses, de façon qu'on ait le pin devant les yeux et aussi son infinie ramification, qui à son tour débouche dans le vide, il devrait enrichir le concept abstrait de vide de tant d'images qu'un accès sensuel à ce concept deviendrait possible. Les rêves éveillés, les images qui surgissent peu avant l'endormissement, quand la pensée est mise progressivement au repos, les images qui accompagnent encore la conscience au réveil, peu avant que l'esprit retrouve son fonctionnement ordinaire, les hallucinations hypnopompiques qui surgissent quand une pensée s'est complètement transformée en images, montrant une pensée dans son état préconceptuel, non conçu, avant que la synthèse ne se produise, des images, donc, qui doivent pouvoir accompagner toutes mes représentations,

même si tout le monde ne parvient pas, dans l'état de semi-éveil, à les attirer pour qu'elles sortent de ce qui n'est qu'à demi conscient. S'agit-il de rêves, de rêves diurnes, de visions ? D'illusions, de choses imaginées, d'hallucinations ? Ces phénomènes peuvent être du délire, ils n'en constituent pas moins le fond, ou l'abîme sans fond, de toute pensée, de tout sentiment. Je voulais développer à partir d'eux la vaine image du pin.

Gilbert n'eut aucune envie de redescendre aussitôt de la colline dont il venait tout juste de gravir la pente à grand-peine. Il s'écarta de la route par laquelle il était monté et resta un moment à la même hauteur. Vue panoramique. Brume dans la baie, quelques formes vagues, des taches, on ne distinguait pas grand-chose. Comme toujours, on faisait toute une affaire d'un paysage finalement banal. D'en haut, les îles n'avaient l'air que de rochers moussus dans le brouillard. Était-il déçu ? Il n'en savait rien.

Son projet de se détourner du monde, il avait néanmoins le droit de le considérer comme réussi. Il s'était éloigné de tout, et aussi loin que possible. On pouvait dire que Tōkyō était très loin, et Matsushima était encore à une certaine distance. Que le jeune Japonais ne l'accompagnât plus pouvait tout à fait s'interpréter comme un avantage. Personne désormais ne le distrairait quand il se consacrerait aux pins, à la lune, à la nature en général. Il avait toujours dû garder un œil sur Yosa, ce garçon était trop coincé, jamais on ne pouvait se détendre en sa présence, et encore moins se concentrer sur quelque chose. Tout ce qui avait été ainsi préjudiciable à son projet avait à présent disparu. Gilbert espérait presque que Yosa ne réapparaîtrait jamais.

Un parc sur la cime arrondie de la colline, du gazon, des bancs, des pins. Des pins et encore des pins, cela commençait à faire beaucoup. Saigyō était venu ici, disait la légende, et sous un pin il avait rencontré un jeune moine. Celui-ci lui avait posé un kōan qu'il n'avait pas su résoudre, et Saigyō, honteux, avait pris la fuite – sans être allé jusqu'aux Îles aux Pins. Gilbert aurait bien aimé savoir quelle énigme insoluble avait été posée au sage poète itinérant. Saigyō Modoshi no Matsu, « Le Pin où Saigyō fit demi-tour », tel était le nom de ce parc. Gilbert s'étonnait qu'il fallût si peu de chose pour décourager un illustre pèlerin de ce pays. Mais voilà, les gens étaient hypersensibles et se vexaient pour des riens. Lui, décida-t-il, ça ne lui arriverait pas. Il ne se laissait pas arrêter, les légers agacements n'avaient pas prise sur lui, il poursuivait un projet ascétique incluant des frustrations. Il s'assit sur un banc pour contempler les îles, en bas, au loin. C'est seulement alors qu'il perçut le bruit assourdissant des cigales. On l'aurait dit électrique, comme une alarme. Les îles, il n'arrivait pas à les voir, elles étaient floues, voilées. Il lui sembla presque que la brume s'épaississait encore. D'un buisson sortit soudain un renard qui s'immobilisa et le regarda, pétrifié. Gilbert fut tout aussi effrayé. Il était assis sur un banc, sans défense, livré à tout ce qui pouvait advenir, sans âme qui vive à proximité. Le renard flairait l'air, Gilbert ne bougeait pas. Puis l'animal sembla être arrivé au terme de son examen, il se mit en mouvement, trotta vers le banc, trotta devant Gilbert et disparut entre les troncs des arbres. Gilbert se leva. La mer scintilla quelques secondes sous la brume, avant que celle-ci la recouvre à nouveau. À quoi bon attendre ? En avant, direction les îles.

La célèbre baie de Matsushima, Gilbert la trouva encombrée de bateaux-grues et d'engins de construction. Les digues portuaires avaient été endommagées par le séisme du Tōhoku, la vague avait roulé par-dessus la promenade et détruit beaucoup de bâtiments au niveau de la rive. Au-delà, le terrain montait aussitôt en pente raide. Au total, c'est ce qu'avait aussi déclaré le réceptionniste, à Matsushima les dégâts avaient été limités. Devant une rangée de boutiques, une clôture de chantier empêchait de voir les vitrines. D'autres éventaires étaient encore occultés à l'aide de papier journal. Mais quelques petits marchands de souvenirs avaient achevé leur rénovation et révélaient des installations élégantes, avec des bois sombres, de la marchandise aux couleurs splendides. Gilbert acheta à un stand une boule de riz frite. Il n'allait pas consommer des huîtres provenant des parcs d'ici, ni des fruits de mer, ni du poisson frais pêché dans la baie. Qui sait jusqu'à quelle portion de la côte était arrivée l'eau radioactive de Fukushima ? Les hôtels, de grands blocs dans le style du socialisme japonais d'après-guerre, avaient été épargnés, à moins qu'ils n'aient déjà été complètement remis en état. Sauf qu'on ne voyait de touristes nulle part. Parkings pour bus parfaitement vides, maisons fermées, une ville fantôme. Entre les échafaudages et les façades bâchées, Gilbert chercha un chemin vers la plage.

Les vagues se voûtaient, venaient lécher le sable, fondaient en écume blanche. Elles se brisaient sur des avancées rocheuses, se vaporisaient en embruns. De fines algues noires se berçaient dans l'eau, se lovaient autour de pierres oblongues proches de la rive, et il pensa aux cheveux de Mathilda qui s'étalaient quand elle était dans son bain, mince herbe marine montant s'épanouir et se balancer d'avant en arrière.

Bashō débarqua sur l'île d'Ojima. Il arrivait de Shiogama par la mer, il avait loué un bateau et il accosta le soir, avec son compagnon Sora, dans la baie de Matsushima.

Pour mettre le pied sur l'île, Gilbert emprunta une passerelle en bois rouge. Là les moines zen avaient médité des décennies durant sur des pierres dures, là était l'endroit où la baie des Îles aux Pins culminait en une île que sa suprématie rendait unique. Un sentier longeait la rive, franchissant des racines de pin saillantes, passant devant des cavités où étaient posées des statues bouddhiques rongées ou patinées par le temps, pleines de dignité. Gilbert se tenait à distance, elles irradiaient une grandeur hautaine, une étrangeté séculaire qui empêchait tout être de trop les approcher. Du côté de la mer il s'assit sous un arbre, s'adossa à l'écorce écaillée et regarda la baie. Une branche de pin en surplomb, avec des aiguilles d'un vert presque noir, l'eau scintillante au-delà, les îles dans la lumière du soir. De l'emplacement où il se trouvait, il ne voyait qu'une partie de la baie, un groupe d'îles en face lui barrait la vue au loin, mais il voulut rester là, contempler les pins, attendre que la lune se lève au-dessus de Matsushima.

Si du moins c'était un jour de lune. Il n'avait aucune idée de la phase de la lune : pleine lune, nouvelle lune, là-dessus le planning était pris en défaut, il ne restait plus qu'à compter sur la chance. Et puis de perfides nuages pourraient arriver, donner un ciel couvert. Pour le moment il faisait clair. Les pins sur l'île située en face tenaient bon sur la roche et se balançaient légèrement dans le vent. Derrière eux, le ciel d'un bleu sombre, la mer lumineuse.

Des milliers d'aiguilles,
des milliers de kilomètres,
devant, derrière moi.

C'était bien de donner aux poèmes un ton mélancolique, toutefois ils ne devaient pas être trop personnels. Il essaya à nouveau, de la façon la moins spécifique possible, la plus imagée, s'efforçant à ce que les vers puissent aussi bien être de Yosa.

Loin de la maison,
pins aussi vieux que la roche –
nuages qui passent.

Ce haïku tenait compte du rapport entre permanence et fugacité, de l'incessante mutation des choses, de l'itinérance. Il en fut ravi et, sur son élan, écrivit :

Muraille de conifères,
ombres que rien ne traverse,
plus dures que le roc.

Pour Yosa il écrivit :

Entre chien et loup
îles baignées par les vagues,
bruissement des pins.

Pouvait-il les voir, les pins, leur beauté, leurs contours, leurs détails, leur image d'ensemble ? Il ne savait sur quoi fixer son attention, sur ces conifères là-bas, sur les formes bizarres des rochers qui émergeaient de l'eau, sur la branche de pin qui pendait dans son champ de vision et d'un côté gênait, de l'autre évoquait le charme pittoresque qu'il connaissait par d'innombrables reproductions. Considérer tout cela le fatigua. Il avait passé la journée à gravir en pleine chaleur des pentes entièrement goudronnées, à arpenter d'affreuses installations portuaires. Il s'adossa contre l'écorce chaude, ferma les yeux, écouta le vent qui passait dans les branches. Odeur de résine. Pommes de pin qui craquaient. Aiguilles qui bruissaient. Branches qui grinçaient.

À nouveau il ferma les yeux, serra plus fort ses paupières déjà closes, s'affala plus profondément dans sa lassitude, se laissa traverser par le vent, par l'odeur des pins, par l'haleine des îles.

Émergeant des eaux inapprochables de l'obscurité, mi-sommeil, mi-rêve, surgissaient à nouveau les rochers couverts de végétation, arrondis comme des méduses noires, rêches comme des poignées d'algues sèches, des îlots, silhouettes plus noires dans le noir, bulles de ténèbres qui gagnaient en contour, prenaient corps tandis que, derrière elles, l'obscurité pâlissait, découpages durs au-dessus de l'effroi sans fond, du bouillonnement sans rien qui le déclenche ou l'arrête. Ceci. Ceci est. Est cela. Enfin. Des bulles noires qui émergent. Qui éclatent.

Il se leva et se promena entre les pins, entre les coussins d'aiguilles, dans un demi-sommeil, le sommeil de fakir du vent qui ne cesse. Il caressa les dures pointes noires, se les planta dans le dos de la main pour vérifier s'il était en train de dormir ou non.

Apparaissant d'entre les arbres, Yosa s'avança, plus grand que d'habitude, ce fut du moins son impression, des aiguilles de pin dans la barbe, barbiche d'aiguilles noire, à ce qu'il lui sembla, un peu trop malicieux, Yosa s'inclina très bas devant lui. À juste titre, trouva Gilbert : le jeune homme lui avait causé suffisamment de contrariétés au cours de cette journée, alors que lui, Gilbert, n'avait cessé de se sacrifier et de se donner du mal pour lui.

Yosa déclara qu'il était mort depuis longtemps. Qu'il priait Gilbert de bien vouloir aller remettre la lettre d'adieu à ses parents. Il lui tendit un document avec un titre en japonais, Gilbert le reçut à deux mains. Les parents vivaient à Kanazawa. Que Gilbert veuille bien y remettre la lettre en passant. Ses parents l'attendaient déjà depuis des années. Depuis des décennies. Des siècles. Une éternité.

Une brise marine fit frémir les pins, et tandis que toutes les aiguilles, fins traits durs, tombaient en même temps, Yosa disparut derrière un rideau de bruissement, de vent. Gilbert voulut le suivre, mais là-bas il n'y avait rien. Là-bas il n'y avait absolument rien.

Il se réveilla, les poings fermés autour d'aiguilles sèches et brunes. Au-dessus de la baie, la lune, presque pleine, plongeait les îles dans une lumière surnaturelle.

Branche noire d'un pin,
eau insondable – immobile
sous le clair de lune.

Montée de la pente dans l'obscurité sous les réverbères, dans le chant strident des cigales, qui vibrait jusque dans la moelle de ses os et l'enveloppait tel un cocon, des notes entretissées pour faire un nid, une balle criarde de branches sèches qui roulait avec lui vers le haut, continuant de tourner à chaque pas inéluctablement, contre la pesanteur et contre toute raison.

Cela sentait la mer et les plantes échauffées par le soleil qui répandaient leur odeur âpre dans la fraîcheur du soir. L'accueil de l'hôtel éclairé a giorno. De l'extérieur déjà, par la porte vitrée, Gilbert vit au milieu du carrelage brillant un sac de sport en boule. Avant même qu'il ait pu entrer, le réceptionniste tout affairé s'approcha, ramassa le sac et l'emporta. Gilbert resta debout devant la porte en verre, regarda longuement le carrelage bien astiqué, vit sa propre silhouette plantée là-bas, toute mince, et qui lui renvoyait son regard. Lorsque pour finir il traversa le hall en tapant des pieds avec un bruit insupportable, furieux, hors de lui, il n'y avait plus personne.

De retour dans sa chambre d'hôtel, il alluma toutes les lampes, emplit d'eau la bouilloire, alluma la télévision, la climatisation, il actionna tous les boutons dans la chambre, comme si cela pouvait faire oublier l'horrifiante solitude. Il s'étendit sur son lit, saisit la télécommande.

Des nouvelles. Tempête sur Kyūshū. Séisme de faible amplitude dans la région de Kansai. Une exposition de céramique inaugurée. Retards de trains dus à des accidents de personnes. Un politicien local parle à un micro. Des lutteurs de sumō, très légèrement vêtus, devant un reliquaire shintō. Prévisions météo. Publicité. Une feuille d'érable rouge vif volette au-dessus de la carte du Japon, se pose sur l'île de Hokkaidō en clignotant nerveusement, tandis que sur les autres régions surgissent et s'ouvrent des feuilles vertes, là où Gilbert suppose que se trouvent les plus grandes villes, Tōkyō, Ōsaka, Hiroshima, Kanazawa, des feuilles comme dans une bande dessinée, contour épais, motif de kimono, décor de théière.

Rétrospective, l'année dernière en accéléré, du feuillage rouge d'érable transite du nord vers le sud, des côtes vers l'intérieur des terres, des montagnes au plat pays, des feuilles rouges comme des signaux balaient le territoire en un mouvement de vagues, laissent un jaune fade là où le feuillage a déjà dépassé son apogée et en réalité n'est pas jaune, mais est tombé à terre.

Pour finir une photo actuelle : du feuillage rouge devant une rivière dans l'Extrême-Nord. Des suggestions d'excursions dans la région d'Ashikawa, là où les ours bruns hantent les forêts et où l'on n'est plus très loin de Sakhaline. Feuillage rouge, d'un rouge complémentaire à tout ce qui reste toujours vert dans ce pays. Les bambous. Les pins. Le thé.

Impensable en Allemagne, de se mettre en route vers Dieu sait où à cause d'un simple arbre, à cause de feuilles ! L'érable japonais avec ses feuilles filigranées prenait, comme l'érable à sucre américain, une coloration rouge carmin quand à l'automne débutait une période de journées douces ensoleillées et de nuits froides où il gelait déjà. La télévision japonaise informait quotidiennement sur le déroulement de cette migration colorée, un grand nombre de passionnés tenaient compte de ces indications et prenaient leur voiture pour s'y rendre. Gilbert s'était habitué, ces dernières semaines, à ce qu'on parte en excursion pour admirer des arbres, usage parfaitement inutile mais qui était profondément enraciné dans la culture japonaise. Il ne s'agissait pas d'un voyage pour acquérir une culture, au sens européen, permettant ensuite d'en faire état en se rengorgeant, de la même façon qu'on allait à Rome pour être, une fois pour toutes, quelqu'un qui avait vu la chapelle Sixtine, le Colisée, les Thermes et le portrait d'Innocent X. S'offrir le spectacle de phénomènes de la nature n'avait rien à voir avec l'art ni avec l'architecture ni avec l'histoire, c'était un acte délicat et mystérieux, et s'il en résultait tout de même une sorte de culture, elle ne se laissait ensuite ni expliquer ni consulter à la demande.

Il avait à présent sous les yeux un arbre dont les feuilles caduques devenaient parfaitement rouges d'un jour à l'autre, comme dans un cauchemar. Ensuite toutes les feuilles tombaient une à une, et l'arbre était là dénudé. Sans qu'il ait pu rendre hommage à la parure pourpre cardinalice, au flamboiement, au jeu des couleurs. Sans qu'il ait suivi en détail la chute en vrille de ces feuilles, sans qu'il ait regardé comment la plupart d'entre elles finissaient dans le cours d'un ruisseau et comment l'eau les emportait. Certaines se prenaient dans la végétation de la berge, quelques-unes restaient accrochées à des morceaux de rocher, tremblaient sur la pierre, se détachaient et repartaient à la dérive.

Gilbert éteignit la télévision. Il mit son thé à infuser, éteignit la lumière, alla se placer devant la fenêtre. Dehors, toujours des rameaux grotesques au clair de lune, ce détenteur de secrets.

Des ombres de plantes couraient sur le mur, chancelaient sans bruit à travers la chambre, glissaient sur le pied du lit, menaçaient d'approcher. Elles s'arrêtaient, laissaient de côté le drap, puis reprenaient de l'élan, effleuraient ses joues, se déversaient sur lui, rameaux amincis qui effleuraient tout, trop délicats pour que Gilbert puisse les arrêter. Forêt des sans-patrie, bois privé de corps, un bûcher gris fait d'ombres. Il entendait le vent dans les pins, entendait son bruissement puissant, l'antibois le long de son mur allait et venait, un long parcours solitaire, et pourtant. Il était debout à la fenêtre, tenait la tasse de thé à deux mains, l'espace d'un instant la lune s'y laissa prendre. Au loin riaient les macaques.

Mathilda n'aimait pas trop les conifères. Elle avait surtout horreur des maigres sapins avec lesquels les propriétaires d'un certain âge entouraient leurs jardins ; de l'intérieur, vu du milieu de leurs terrains, un mur sombre et impénétrable ; de l'extérieur, rigoureusement taillés, afin que pas une branche ne dépassât vers le trottoir. Du coup, pour les gens au-dehors il ne restait qu'un envers dégarni, le spectacle de moignons de branches auxquels restaient collées des aiguilles sèches et brunes.

Mathilda n'avait plus que deux jours de cours à assurer, ensuite le week-end approchait, et ce serait le début des vacances d'automne.

Il se dit qu'il l'appellerait. Mathilda, ma chérie, dirait-il. Retrouvons-nous à Tōkyō, se promit-il de dire, c'est tout simple, rejoins-moi au Japon. Les feuilles commencent à changer de couleur.

TABLE

Tōkyō.................................... 9

Takashimadaira 37

Aokigahara.............................. 61

Senju 93

Sendai 129

Shiogama 151

Matsushima............................. 169

la cosmopolite

Collection créée par André Bay
(Extrait du catalogue)

Kôbô ABÉ	*La femme des sables*
	La face d'un autre
	L'homme-boîte
Vassilis ALEXAKIS	*Talgo*
Jorge AMADO	*Tieta d'Agreste*
	La bataille du Petit Trianon
	Le vieux marin
	Dona Flor et ses deux maris
	Cacao
	Les deux morts de
	Quinquin-La-Flotte
	Tereza Batista
	Gabriela, girofle et cannelle
	La découverte de l'Amérique par les Turcs
	La boutique aux miracles
Maria Àngels ANGLADA	*Le violon d'Auschwitz*
	Le cahier d'Aram
Reinaldo ARENAS	*L'assaut*
Elisabeth ÅSBRINK	*1947*
Jo BAKER	*Une saison à Longbourn*
James BALDWIN	*Si Beale Street pouvait parler*
	Harlem Quartet
Elena BALZAMO (sous la dir. de)	*Masterclass et autres nouvelles suédoises*
Herman BANG	*Tine*
	Maison blanche. Maison grise
Julian BARNES	*Le perroquet de Flaubert*
	Le soleil en face
Jon BAUER	*Des cailloux dans le ventre*
Mario BELLATIN	*Salon de beauté*
Karen BLIXEN	*Sept contes gothiques*

Britta Böhler	*La décision*
Ivan Bounine	*Le monsieur de San Francisco*
André Brink	*Un turbulent silence*
	Une saison blanche et sèche
	Les droits du désir
Louis Bromfield	*La mousson*
Ron Butlin	*Appartenance*
Karel Čapek	*La vie et l'œuvre du compositeur Foltyn*
Dulce Maria Cardoso	*Le retour*
Raymond Carver	*Les vitamines du bonheur* suivi de *Tais-toi, je t'en prie* et *Parlez-moi d'amour*
Paolo Cognetti	*Les huit montagnes*
Cristina Comencini	*Être en vie*
Gabriele D'Annunzio	*Terre vierge*
Robyn Davidson	*Tracks*
Kathryn Davis	*À la lisière du monde*
	Aux enfers
Federico De Roberto	*Les princes de Francalanza*
Lyubko Deresh	*Culte*
Anita Desai	*Un héritage exorbitant*
Karim Dimechkie	*Comme un Américain*
Tove Ditlevsen	*Printemps précoce*
Carmen Domingo	*Secrets d'alcôve*
Emma Donoghue	*Room*
	Égarés
	Frog Music
Jennifer Egan	*Qu'avons-nous fait de nos rêves ?*
	Le donjon
Monika Fagerholm	*La fille américaine*
	La scène à paillettes
Lygia Fagundes Telles	*Les pensionnaires*
Nona Fernandez	*La quatrième dimension*
Kjartan Fløgstad	*Grand Manila*
	Des hommes ordinaires
Tomomi Fujiwara	*Le conducteur de métro*
Claire Fuller	*Les jours infinis*
	Un mariage anglais
Horst Wolframm Geiszler	*Cher Augustin*
Alberto Gerchunoff	*Les gauchos juifs*
Margherita Giacobino	*Toutes nos mères*

Witold GOMBROWICZ	*Kronos*
	Les envoûtés
Robert GRAVES	*King Jesus*
Wendy GUERRA	*Tout le monde s'en va*
	Mère Cuba
	Poser nue à La Havane
	Negra
Farjallah HAÏK	*L'envers de Caïn*
	Joumana
Samantha HARVEY	*La mémoire égarée*
	La vérité sur William
Alfred HAYES	*In Love*
Mark HELPRIN	*Conte d'hiver*
Hermann HESSE	*Demian*
E.T.A. HOFFMANN	*Les élixirs du diable*
Nick HORNBY	*Funny Girl*
Yasushi INOUÉ	*Le fusil de chasse et autres récits*, édition intégrale des nouvelles de l'auteur publiées dans La Cosmopolite
	Histoire de ma mère
	Les dimanches de Monsieur Ushioda
	Paroi de glace
	Au bord du lac
	Le faussaire
	Combat de taureaux
	Le Maître de thé
	Pluie d'orage
	Histoire de ma mère
J.W. IRONMONGER	*Le génie des coïncidences*
	Sans oublier la baleine
Jens Peter JACOBSEN	*Niels Lyhne*
Henry JAMES	*L'autel des morts* suivi de *Dans la cage*
	Le regard aux aguets
Tania JAMES	*L'atlas des inconnus*
Eyvind JOHNSON	*Le roman d'Olof*
Ismaïl KADARÉ	*La ville sans enseignes*
Yoram KANIUK	*Adam ressuscité*
	Confessions d'un bon Arabe
Jack KEROUAC	*Maggie Cassidy*
Ken KESEY	*Vol au-dessus d'un nid de coucou*

Katie K<small>ITAMURA</small>   *Les pleureuses*
Rachel K<small>USHNER</small>   *Le Mars Club*
                                       Les lance-flammes
Pär L<small>AGERKVIST</small>   *Le nain*
                                       Le bourreau
                                       Barabbas
Selma L<small>AGERLÖF</small>   *L'anneau du pêcheur*
                                       Jérusalem en Terre sainte
                                       L'empereur du Portugal
Eduardo L<small>AGO</small>   *Appelle-moi Brooklyn*
                                       Voleur de cartes
Timothy S. L<small>ANE</small>   *Devenir une légende*
D.H. L<small>AWRENCE</small>   *Île, mon île*
Sinclair L<small>EWIS</small>   *Babbitt*
Davide L<small>ONGO</small>   *L'homme vertical*
Amy Grace L<small>OYD</small>   *Le bruit des autres*
L<small>UXUN</small>   *Le journal d'un fou*
Thomas M<small>ANN</small>   *Tonio Kröger*
                                       La mort à Venise
Katherine M<small>ANSFIELD</small>   *Nouvelles*
                                       Lettres
                                       Cahier de notes
Trude M<small>ARSTEIN</small>   *Faire le bien*
Ronit M<small>ATALON</small>   *Le bruit de nos pas*
Predrag M<small>ATVEJEVITCH</small>   *Entre asile et exil*
Carson M<small>C</small>C<small>ULLERS</small>   *Le cœur est un chasseur solitaire* suivi
                                       de *Écrivains, écriture et autres propos*
                                       Le cœur hypothéqué
                                       Frankie Addams
                                       La ballade du café triste
                                       L'horloge sans aiguilles
                                       Reflets dans un œil d'or
Gustav M<small>EYRINK</small>   *Le Golem*
Henry M<small>ILLER</small>   *Tropique du Capricorne*
                                       Un dimanche après la guerre
                                       Entretiens de Paris
                                       Virage à 80
                                       Tropique du Cancer suivi de
                                       Tropique du Capricorne
Henry M<small>ILLER</small> / Anaïs N<small>IN</small>   *Correspondance passionnée*
Wu M<small>ING</small>-<small>YI</small>   *L'homme aux yeux à facettes*
Natsu M<small>IYASHITA</small>   *Une forêt de laine et d'acier*

Antonio MONDA — *Le goût amer de la justice*
Vladimir NABOKOV — *Don Quichotte*
Austen, Dickens, Flaubert, Stevenson
Proust, Kafka, Joyce
Gogol, Tourgueniev, Dostoïevski
Tolstoï, Tchekhov, Gorki
Ramita NAVAI — *Vivre et mentir à Téhéran*
William NAVARRETE — *La danse des millions*
En fugue
Nigel NICOLSON — *Portrait d'un mariage*
Anaïs NIN — *Les miroirs dans le jardin*
Les chambres du cœur
Une espionne dans la maison de l'amour
Henry et June
Journaux de jeunesse (1914-1931)
Joyce Carol OATES — *Eux*
Bellefleur
Blonde
Confessions d'un gang de filles
Nous étions les Mulvaney
La Fille tatouée
La légende de Bloodsmoor
Zombi
Les mystères de Winterthurn
Marya, une vie
Corky
Kenzaburo OÉ — *Une affaire personnelle*
Sofi OKSANEN — *Purge*
Les vaches de Staline
Quand les colombes disparurent
Baby Jane
Norma
Jeroen Olyslaegers — *Trouble*
O. HENRY — *New York tic-tac*
Robert PENN WARREN — *La grande forêt*
Julia PIERPONT — *Parmi les dix milliers de choses*
Jia PINGWA — *La capitale déchue*
Portée-la-Lumière
Kevin POWERS — *Yellow birds*
Lettre écrite pendant une accalmie dans les combats
Ruth PRAWER JHABVALA — *La vie comme à Delhi*

Lucia PUENZO   *L'enfant poisson*
                                      La malédiction de Jacinta
                                      La fureur de la langouste
                                      Wakolda
Midge RAYMOND   *Mon dernier continent*
Virginia REEVES   *Un travail comme un autre*
Erich Maria REMARQUE   *À l'ouest rien de nouveau*
                                      Cette terre promise
Thomas ROSENBOOM   *Le danseur de tango*
Vita SACKVILLE-WEST /
  Virginia WOOLF   *Correspondance*
Moshe SAKAL   *Yolanda*
Rebecca SCHERM   *Le passé aux trousses*
Arthur SCHNITZLER   *Madame Béate et son fils*
                                      La ronde
                                      Mademoiselle Else
                                      La pénombre des âmes
                                      Vienne au crépuscule
                                      Mourir
                                      L'étrangère
James SCUDAMORE   *La clinique de l'amnésie*
                                      Le dédale du passé
Mihail SEBASTIAN   *Journal (1935-1944)*
Kamila SHAMSIE   *Là où commencent et s'achèvent les voyages*
Isaac Bashevis SINGER   *Ennemies*
                                      Keila la Rouge
                                      La couronne de plumes et autres nouvelles
                                      La famille Moskat
                                      La mort de Mathusalem
                                      *Les aventures d'un idéaliste
                                        et autres nouvelles inédites*
                                      Le blasphémateur
                                      Le domaine
                                      L'esclave
                                      Le fantôme
                                      Le magicien de Lublin
                                      Le manoir
                                      Satan à Goray
                                      Shosha
Ersi SOTIROPOULOS   *Eva*
                                      Ce qui reste de la nuit
Muriel SPARK   *Le pisseur de copie*

Elena STANCANELLI	*La femme nue*
Saša STANIŠIČ	*Avant la fête*
	Le soldat et le gramophone
	Le soldat et le gramophone (théâtre)
	Pièges et embûches
Sara STRIDSBERG	*La faculté des rêves*
	Valerie Jean Solanas va devenir
	Présidente de l'Amérique (théâtre)
	Darling River
Junichiro TANIZAKI	*Deux amours cruelles*
Bilal TANWEER	*Le monde n'a pas de fin*
Rupert THOMSON	*L'église de Monsieur Eiffel*
Carl Frode TILLER	*Encerclement*
Léon TOLSTOÏ	*La mort d'Ivan Ilitch* suivi de
	Maître et serviteur
Ivan TOURGUENIEV	*L'abandonnée*
	Dimitri Roudine
	L'exécution de Troppmann et autres récits
	Le Roi Lear des steppes
B. TRAVEN	*Le visiteur du soir*
Magdalena TULLI	*Le défaut*
Anne TYLER	*Toujours partir*
	Le voyageur malgré lui
	Le déjeuner de la nostalgie
	Le compas de Noé
	À la recherche de Caleb
	Leçons de conduite
	Une autre femme
	En suivant les étoiles
	Les adieux pour Débutant
Fred UHLMAN	*La lettre de Conrad*
	Il fait beau à Paris aujourd'hui
Sigrid UNDSET	*Olav Audunssøn*
	Kristin Lavransdatter
	Vigdis la farouche
	Printemps
Birgit VANDERBEKE	*Le dîner de moules*
Mariapia VELADIANO	*La vie à côté*
Ernst Emil WIECHERT	*La servante du passeur*
Oscar WILDE	*Intentions*
	De profundis

	Nouvelles fantastiques
	Le procès d'Oscar Wilde
Christa WOLF	*Scènes d'été*
	Incident
	Trois histoires invraisemblables
	Cassandre
	Médée
	Aucun lieu. Nulle part
	Trame d'enfance
	Le ciel divisé
Jacqueline WOODSON	*Un autre Brooklyn*
Virginia WOOLF	*La chambre de Jacob*
	Au phare
	Journal d'adolescence
	Journal intégral (1915-1941)
	Instants de vie
	Orlando
Kikou YAMATA	*Masako*
	La dame de beauté
Samar YAZBEK	*La marcheuse*
	Les portes du néant
A YI	*Le jeu du chat et de la souris*
Stefan ZWEIG	*Nietzsche*
	Vingt-quatre heures de la vie d'une femme
	Le joueur d'échecs
	La confusion des sentiments
	Amok
	Lettre d'une inconnue

Cet ouvrage a été composé
par Belle Page
et achevé d'imprimer en France
par CPI
pour le compte des Éditions Stock
21, rue du Montparnasse, 75006 Paris
en février 2019

Imprimé en France

Dépôt légal : mars 2019
N° d'édition : 01 - N° d'impression : 2042794
88-08-7266/8